A nova aurora

Novela maranhense

Astolfo Marques

Matheus Gato (POSFÁCIO)

Copyright do posfácio e das notas © 2021 by Matheus Gato de Jesus

CHÃO EDITORA
EDITORA Marta Garcia
EDITOR-EXECUTIVO Carlos A. Inada

CAPA, PROJETO GRÁFICO E DIAGRAMAÇÃO Mayumi Okuyama
PREPARAÇÃO Márcia Copola
REVISÃO Cláudia Cantarin e Carlos A. Inada
DIGITAÇÃO E COTEJO DE *A NOVA AURORA* Maria Fernanda A. Rangel/Centro de Estudos da Casa do Pinhal
PESQUISA ICONOGRÁFICA Matheus Gato de Jesus
PRODUÇÃO GRÁFICA E TRATAMENTO DE IMAGENS Jorge Bastos

DADOS INTERNACIONAIS DE CATALOGAÇÃO NA PUBLICAÇÃO (CIP)
(CÂMARA BRASILEIRA DO LIVRO, SP, BRASIL)

Marques, Astolfo
 A nova aurora : novela maranhense / Astolfo Marques ;
Matheus Gato (posfácio). — São Paulo : Chão Editora, 2021.

 ISBN 978-65-990122-8-0

 1. Escravidão – Brasil 2. Maranhão – História 3. Novelas
4. Romance brasileiro I. Gato, Matheus. II. Título.

21-84996   CDD-B869.3

Índices para catálogo sistemático
1. Romance : Literatura brasileira B869.3
Aline Graziele Benitez - Bibliotecária - CRB-1/3129

Grafia atualizada segundo as regras do Acordo Ortográfico da Língua Portuguesa (1990), em vigor no Brasil desde 1.º de janeiro de 2009.

chão editora ltda.
Avenida Vieira de Carvalho, 40 — cj. 2
CEP 01210-010 — São Paulo — SP
Tel +55 11 3032-3726
editora@chaoeditora.com.br | www.chaoeditora.com.br

Sumário

7   A NOVA AURORA

125 Posfácio
Matheus Gato

198 Notas
203 Fontes e bibliografia
207 Créditos das ilustrações

Astolfo Marques com alguns dos principais escritores e jornalistas em atuação no Maranhão na primeira década do século xx. Sentados, da esquerda para a direita: José Luso Torres, Antônio Lobo, Fran Paxeco e Sebastião Sampaio. Em pé, da direita para a esquerda: Jerônimo José Viveiros, Astolfo Marques, Luís Carvalho, Alfredo de Assis Castro, Edgar Almeida, Raimundo Correia de Araújo e Raul Soares Pereira. Ao centro o busto de Eça de Queiroz

À memória

aos republicanos históricos no
movimento adesionista do Maranhão à
proclamação da República:

Paula Duarte
Sousândrade
Isaac Martins
e
Sátiro Faria

Homenagem à memória dos populares
que tombaram mortos,
em defesa da causa monárquica

A NOVA AURORA

I.

A REGENERAÇÃO SOCIAL

Era num dos extremos da cidade, em bairro dos mais pinturescos, e por entre as ruínas dos ranchos da outrora florescente fazenda do Medeiros, que se erguia, no seu estilo singelo, a confortante casa de vivenda da grande chácara que o Marçal Pedreira encontrara chamando-se Aurora, ao adquiri-la para sua morada.[1]

Achava-se ela situada em local donde a vista abrangia fartamente o antigo e amplo domínio do senhor da quinta do Marajá, com a sua fonte de cristalina água entregue à serventia pública. Em posição elevada, na perspectiva, a pequena ermida da santa da festividade tradicional, com as suas duas torres muito alvas, ao lado do casario pomposo, extremado pelo belíssimo palacete do Pororoca, residência do solitário antístite, ainda abatido do acerbo sofrer oriundo da campanha que lhe movera o órgão dos interesses da sociedade moderna;

à frente, a estátua de mármore branco do mais vultoso lírico pátrio. Mais além, os negrejados paredões da Casa do Navio e de outras edificações inconclusas, atestando, nas suas ruínas esboroadas, o trabalho frutificante e o zelo empreendedor de Medeiros, nas duas primeiras décadas do século XIX; ao nascente, a Gamboa do Mato, a cujo sítio se ia de constante, à cata de salubridade reconfortadora, beneficamente facultada pelas suas altitude e viração ventina; mais ao lado, a floresta, onde, de pouco palmilhar o pé humano, parecia silvestre, e se comunicava, pela parte sul, com o Mamoim, abrigando a sua secular fonte, condenada por imperdoável desleixo, a escoamento completo; pelo lado norte, bem fronteira, a Vitória, a formosa chácara do solitário poeta do *Alá errante*, ostentando alto e extenso panejamento de gradis de ferro por sobre os muros pintados a vermelhão, paralelos ao vasto Tabocal, e guardando ciosamente a variegada coleção de arvoredos frutíferos, em copados e verdejantes espécimens; ainda próximo, o edifício da Cadeia, de arquitetura banal, em um imenso quadrilátero de altas paredes, cobertas de espesso limo por amontoados invernos.

Junte-se a tudo isso: os campos, que da Gamboa se prolongavam na sua arbustaria reverdecente de boas-noites e joão-de-puçá, dando pastagem ao gado do Ascânio, tangido por pequenino tenor a desferir pelo bairro afora o seu cantar sonoro e melodioso; o braço do Anil, no vai e vem da maré, aumentando e diminuindo a munificência das ilhotas, aqui e ali, mal escondendo o areal das praias do Calhau e do Araçagi em morros alvinitentes; Nazaré, com a sua capelinha carinhosamente festejada, ressaltando todo um alvor de santidade; a porção de bancos de areia e pequenas coroas segmentárias da Minerva e os igarapés, ziguezagueando em direções várias — e teremos o empolgante panorama que da Aurora impressionava admiravelmente a vista do observador.

Era o mesmo sempre o brilho, fosse à luz pura da manhã nascente, ou ao sol crescente, no zênite, ou ainda pelo crepúsculo vespertino, quando, às bandadas, garças, na sua alvura do gesso, e guarás, todos tingidos de rubro, pipiando álacres e ariscos, num esbater meticuloso e rápido d'asas descrevendo curvas, ora alongadas ora curtas, contornavam os ares, — mais acima, parecendo perto das nuvens, mais abaixo, tocando à flor d'água, — tornavam da faina quotidiana ao seu poiso, aos ninhos nas siribeiras entigueadas e no mangal florido e reverdecente.

Marçal Pedreira era o proprietário único dessa chácara de edificação confortável e cuidadosamente higiênica. O enorme terreno lateral mais o que, pelos fundos da casa, se estendia a perder de vista, tinham, no seu cultivamento esmerado, o produto da inteligência e amor à terra arroteada de um descendente, em linha direta, de antigos e abastados lavradores da região do majestoso Itapecuru, certo a em que maiormente se cultivara na época de florescer riquíssimo da lavoura.

A fatalidade caíra célere nos seus maiores, morrendo prematuramente todos. De modo que o Marçal foi crescendo senhor de uma herança cada vez mais amontoada e garantidora de futuro despreocupado e ocioso a tão ilustre rebento dos não menos ilustres Pedreiras. Órfão de pai e mãe quando ainda não atingira a adolescência, passara pelas compressoras mãos de um tutor bastante apegado ao dinheiro e, até certo ponto, à causa da ignorância. Daí o ter sido a emancipação para o Marçal, como ele sempre narrava, uma coisa de pouca monta: se alcançara a maioridade, nada de mais lhe fizeram dando-lhe a posse do que de direito a si pertencia.

Marçal era alto, elegante. O rosto levemente moreno e o nariz fino acusavam as mesmas linhas corretas dos Pedreiras nesse descendente, cuja cabeça principiava a grisalhar. Entrara na vida pública e social, alistando-se eleitor no Partido Liberal e recebendo as mãos duma matrona, também órfã de pai e mãe, sem eira nem beira e que, pelos janeiros carregados nos costados, poderia servir-lhe de mãe. Ao fim de um ano enviuvava, ficando-lhe desse matrimônio de doze meses uma filha, a Cornélia, que passou a receber os cuidados de remotos parentes da finada, surgidos a quando se realizou o enlace.

Da política, nada almejava o independente Marçal, que se mostrava de satisfação plena com a patente de capitão da Guarda Nacional, por ele de constante apregoada, e oriunda de uma dedicação extremosa que lhe votava o Carlos Ribeiro, chefe do partido a que se filiara, agremiação aliás sempre abraçada por todos os Pedreiras seus antecessores.

O seu apaixonamento pelas ideias do partido em que militava orgulhosamente, — ele o apregoava sempre, com lisura, — não ia a ponto de negar as grandes conquistas amplamente liberais que para o país lograra fazer o partido adverso — o Conservador. Daí a sua admiração por Eusébio de Queirós, o abolicionista do tráfego dos escravizados; pelo primeiro Rio Branco, o excelso paladino da Lei do Ventre Livre, que desbravou o caminho à Abolição integral; e, finalmente, por João Alfredo, o chefe de gabinete a quem coube a glória de coroar triunfantemente o grandioso movimento nacional.

Enviuvando aos trinta anos de idade, o Marçal recebera o golpe corajosamente, como mais uma fatalidade a acrescer às muitíssimas que de remotas eras vinham pesando sobre o tronco genealógico daquela abastada família de lavradores itapecuruenses e de que ele era o penúltimo rebento, pois contava a Cornélia como a única herdeira dos seus bens de raiz e imóveis.

Não se quisera desfazer da Aurora, havida principalmente pela salubridade do local onde situada, e provida, como ia sendo, dia a dia, de beneficências múltiplas, redundando em admirável conforto, que a tornava de maior valia.

Prosseguiu o nobre capitão no cultivo esmerado das ubérrimas terras dominadas pela espaçosa e invejável casa de vivenda. As enxadas e foices arroteavam o solo em vigorosa continuidade. Ali, no vasto terreno da quinta, mantinha-se em frescura verdejante e cheirosa a hortaliça, que medrava em canteiros e mais canteiros simetricamente dispostos, sem falar na extensa plantação de agrião, que vegetava pelo refrescar ininterrupto das águas a correrem do regato vindo de nascente mui distante.

Ao lado sul da Aurora, ocupando enorme área de terreno, era a "baixa", onde, além de altas e esguias juçareiras pojadas de cachos, por entre lequeadas palmeiras de buriti, no ciciar agudo e cantante das suas ramagens, medrava no seu verdor marinho o capinzal, diariamente decepado aos feixes pelo serrote relinchante.

As rendas, do capinzal da "baixa" e da horta, custeavam folgadamente os zeladores do pomar e os horteleiros, cuidadosos cultivadores das terras.

Ficava a casa de vivenda da formosa chácara a uns vinte e tantos metros do portão principal da entrada. E nessa distância corria um caramanchel, a "latada", por onde esgalhavam, havia anos, maracujazeiros, cuja ramificação se entrelaçava cobrindo até às cimalhas da morada.

O solo, debaixo desse caramanchel, era de ladrilho, tendo bancos de madeira fixados lateralmente. Nesse local, enfrentando e ladeando a casa de vivenda, era que sussurrava, com vivacidade, um arvoredo frondoso, ressaltando altamente lindo na sua disposição combinada. As frutas pendiam dos galhos num sazonado cheiroso e cobiçante. Pés de abricó e abacate, esguios e muito altos, e sapotis, em árvores carregadas de tão aromática fruta, brotavam em fartura que, pela grandiosidade, somente se comparava à da goiaba e da tangerina, da romã e da pitanga, da manga, produzindo de porfia com o tamarindo, que, aos cofos, ia atulhar o laboratório da botica Francesa, para a manipulação da saborosa e reconfortante polpa. E seculares jaqueiras, com o pomo brotando desde o tronco, quase que escondiam, com as suas distendidas e folhudas ramas, os cajueiros floridos. Era a frutaria em todas as suas variedades, a ostentar-se na beleza do seu arvoredo farfalhante, a aromatizar salutarmente a Aurora.

Estabelecera-se em tão delicioso ponto uma "roda" de conversação noturna e domingueira. Nela se passavam a revista homens e coisas locais, em vivíssimos comentários. Jogava-se o solo, bebericava-se café e, uma vez ou outra, ceava-se o peixe frito com farinha-d'água, quando não se passava, por súbita resolução, a tomar pr'aí uma barrigada farta de melancia.

O toque das nove horas, de vibração sonora e firme, no sino da Cadeia, era o aviso de constante para a debandada dos *causeurs*. Apenas nas noites lunares era que a prosa e o solo se manifestavam mais demoradamente.

Marçal Pedreira tinha ali, na quinta, todas as noites e aos domingos, à luz do dia, este pessoal conversador: o Landerico

Antunes, oficial mecânico na Usina do Raposo, sempre palrador e sempre pensando de acordo com o Marçal, embora se saísse uma por outra vez com uns arremedos de ideias socialistas, oriundas de leituras que, apesar de pouco assimiladas, o habilitavam suficientemente a poder afirmar, uma vez por outra, que a questão social nascera com a humanidade e tem provocado, em todos os tempos, reivindicações mais ou menos violentas; o Romualdo Nogueira, amanuense aposentado da administração dos Correios e agora escriturário da Fábrica Gamboa, de construção a concluir-se; o Camilo Souza e o Augusto Fonseca, mecânicos do mesmo estabelecimento fabril.

Ia também partilhar da prosa o Jovino Carneiro, acadêmico de direito, estacionado na terceira série do curso, havia seis anos, depois de passar cinco no Recife, a dissipar sem dó as mesadas; sem nenhum progresso nos estudos, até que a família, por uma provocação decisiva de refreamento, lhas cortou de vez. O terceiranista morava em uma "república" próxima à Aurora e preferia, na sua ociosidade latente, o cavaco e o solo da quinta do Marçal a uma reconciliação com a família, que lhe dera por seca a teta. Apenas tratara de promover a sua maioridade, metendo às algibeiras alguns cobres, e pôs-se a aguardar, com resignação plácida e atilada, melhores dias para ir concluir o curso.

Alguns palradores mais, sem assiduidade notada, incorporavam-se ao cavaco noturno da quinta.

Era então ainda comentário vivo, na chácara, como por toda a parte, a longa e interminável série de festas de que fora teatro a cidade de La Ravardière no ano da graça dos três oito, que se passara todo envolvido em interminável apoteose. Religiosos foram os festejos em multiplicidade perene, salientando-se, no seu esplendor máximo e brilhantismo desusado, as procissões saídas da Sé, de N. S. da Vitória, promovida pelos libertos a Treze de Maio e que se não fazia desde a época do regressar triunfante do 36.º de Voluntários da Pátria dos campos paraguaios, e a do Corpo de Deus, ao reboar das salvas das belonaves da divisão da esquadra então ancorada no porto, sob o comando do chefe Eduardo Wandenkolk.

Esse pompear majestoso estendia-se às festas semiprofanas de santo Antônio, por devoção particular. O glorioso taumaturgo português, cognominado ora dos Cozinheiros, ora da Palma ou da Gruta, recebia, naquele ano festeiro, mais trombonescas e prolongadas as litanias em seu louvor desferidas.

Profanas, puramente desligadas do cerimonial litúrgico, foram as passeatas repetidas além de mês, numa ovação unânime aos grandiosos vultos da campanha da extinção de elemento servil, desde Isabel, a Redentora, até ao José Maranhense e outros pioneiros do Clube Artístico Abolicionista, que celebravam entre lauréis e rosas o triunfo da sua missão gloriosamente benéfica.

E essa porção de festas consecutivas dera ensejo ao Marçal Pedreira envergar, por mais de uma vez, a sua farda agaloada de oficial da briosa milícia, de cuja patente muito se ufanava ele.

No baile de estrondo, da *élite* social, em honra da oficialidade da esquadra Wandenkolk, tivera Marçal o exultante prazer de fazer arrastar a sua espada virgem de batalhas pelos vastos salões do palacete Correa Leal, e ombreara ufano com o príncipe d. Pedro Augusto de Saxe. Também o Marçal exibira o seu luzido uniforme nos salões do munificente baile com que os bancos e as associações Comercial e Agrícola se demonstraram para todo o sempre gratos ao presidente Beltrão, no seu curto período administrativo, todo de reais proveitos aos acatados elementos representados por aquelas instituições.

O capitão Pedreira bem que se exteriorizara na época de tanto deslumbramento, à cata de outras relações porventura ainda não cultivadas, à busca de ver o nome nas colunas dos quotidianos da província, que esse era um dos seus fracos. E assim se mantinha relacionado sempre, até mesmo com famílias de intransigentes adversários políticos, que o apreciavam pelo caráter adamantino e pelas virtudes raras.

Terminada a prolongada apoteose aos da cruzada abolicionista, cuidou-se de dar impulsionamento ao progresso da província, que ficava bem desprovida de braços laboriosos e a contemplar, submissa, a latente transformação em taperas de uma infinidade de fazendas e engenhos de grandeza até então afigurada imarcescível.

Não havia roda ou conciliábulo de comerciantes ou lavradores onde se não mostrasse quão apreensiva era a situação econômica presente comparada com a do passado, para o qual se entoavam hinos e teciam loas.

O comércio provinciano, comentava-se, que em tempos remotos atingira a notável grau de prosperidade, destacando-se, pela importância, no seio das demais circunscrições imperiais, vinha de certa época para cá definhando, caindo em preocupadora estagnação, oriunda de múltiplas causas. Intermediária outrora das suas vizinhas do Pará, Piauí e Ceará, no comércio com os países estrangeiros, a província teve de sentir cruelmente a sua fama comercial ir declinando, desde que aquelas começaram a comunicar-se, por via direta, com os portos europeus, onde passavam a prover-se dos produtos com que dantes supriam o seu mercado pela praça maranhense. Posteriormente surgiram, com arrocho, as dificuldades com que teve de lutar, provenientes dos enormes compromissos contraídos a quando da guerra norte-americana e em que, por causa do elevado preço a que atingiram o algodão e outros produtos, parecia tudo prosperar, nadar parapemando em mansuetude de mar de rosas. Finda a guerra e volvidas as coisas ao estado normal, viu-se o comércio tremendamente embaraçado nas suas transações, dolorosíssima situação a que chegou por haver tomado como permanente tal estado de coisas, fictício por completo e que, necessariamente, teria de modificar-se, era o bastante cessar o motivo que o fizera nascer. E, então, esse mesmo comércio provinciano, como meio único de remediar os males originados do erro em que havia caído, teve de retrair-se nas suas operações, para assim lograr o restabelecimento do seu equilíbrio financeiro e manter o crédito com as praças estrangeiras. Disso procedia a aparente apatia e o abatimento que nele se notava, no momento, embora na exportação se não houvesse dado avultada diferença.

A promulgação da Lei Áurea, que redimia os cativos, deixara a lavoura bem desfalcada, não de braços apenas, mas de capitais, igualmente. E o ato que celebrizou o Gabinete João Alfredo e que, com a imperiosa vontade de Isabel, veio selar gloriosamente essa campanha entusiástica que de há muito era trabalhada, na imprensa e na tribuna, principalmente, abalou imenso o trabalho rural.

Eram o algodão e a cana-de-açúcar as culturas a que se dedicara preferentemente a província, desprezando outros ramos da indústria de cultivo facílimo em solo tão prodigiosamente ubérrimo, cuja eficácia vinha sendo decantada por incessante trombetear.

A carência de braços e a rotina dos processos industriais se evidenciavam inda mais palpáveis e concorriam para obstar poderosamente a prosperidade e o desenvolvimento da lavoura em território vastíssimo como o da província. A guerra contra o Paraguai retirara dela para o exército avultado número de braços válidos, ao mesmo tempo que a exportação de escravizados, de há muito praticada em grande escala, privava os estabelecimentos agrícolas desse elemento vital em que até então se apoiava a lavoura local.

Os engenhos — Central São Pedro, D'Água e Castelo, fundados todos três prescindindo do auxílio do poder central, formavam, entretanto, melhoramentos que, pela sua relevância, não se poderiam desprezar diante o profundo abatimento que afetava as principais indústrias constitutivas da primordial fonte de riqueza.

E notável era também o atraso da colonização, reconhecia-se. O próprio cearense, astucioso e ativo, nobre no trato e honrado no trabalho, chegava como que desconfiado, acudindo ao apelo insistente dos públicos poderes, que haviam ido de encontro aos almejos dos agricultores provinciais, providenciando na vinda de retirantes para várias fazendas, no que foram solicitamente secundados pelo presidente Caio Prado, o qual fê-los seguir da Terra da Luz para a sua vizinha, em número que de pronto atingia quatorze centenas.

Alguma coisa que de proveito se punha em prática era mais com a própria prata caseira.

Colônias se iam formando, à margem de rios, à beira de estradas. Assim, Pedreiras, simples povoado marginal do Mearim, constituindo diminuto núcleo, era já empório de comércio com a região sertaneja localizada no seu mais alto ponto.

Mas semelhante movimento colonizador fora um rebate falseado. Depressa surgiu a desilusão aos que, porventura, creram na sua eficácia. Famílias inteiras de semeadores e cultivadores do solo provinciano abandonavam o plantio do algodão e da cana-de-açúcar e outros produtos de cultivo em menor escala, nas roças e engenhos dos ex-senhores, do dia para a noite desprovidos do seu imprescindível auxílio, e procuravam avidamente a capital, onde sonhavam nadar-se em dinheiro pelos estabelecimentos fabris, que, como se propalava por todas as circunscrições do interior, surgiriam por encanto em edificações aceleradas. Vinham sôfregas, atraídas cegamente por um imaginário núcleo centralizador do Trabalho fecundo e altamente remuneratório.

As cidades e vilas mais importantes perdiam subitamente o seu aspeto algo agitado, oriundo do movimento que lhes imprimia o trabalho agrícola. Quedavam-se na tristeza e em emaranhamento tais que se não imaginava até onde iriam, por mais atilados que fossem os vaticínios dos crentes e descrentes de uma era próxima de grandeza e progredir invejavelmente promissores.

Os poucos trabalhadores rurais restantes queriam a todo o transe transformar-se em urbanos e se predispunham a atirar-se já, com as maiores energias, ao apedrejamento ao passado. Em vez de hinos patrióticos, cantando a obra dos heróis subidos à imortalidade da História, entoavam loas injustificáveis aos que ainda não haviam merecido o bastante para igualar aqueles, cujos feitos gloriosos a posteridade não poderia obumbrar.

No estupendo movimento de aparente animação, pela própria praça encabeçado, visando salvar a província do abismo que a ameaçava, e colocá-la na senda do progresso, cujas proporções lhe não faltavam, cogitava-se da fusão dos bancos do Maranhão e Comercial em um grande estabelecimento emissor. E outro banco, o Hipotecário, realizava já operações sobre o empréstimo à lavoura.

A Sociedade Auxiliadora da Lavoura e Indústria, que se organizara dois anos antes, sob os mais felizes auspícios, como elemento de propaganda o mais proveitoso, vinha prestando à causa pública o serviço dos intuitos que presidiram à sua fundação. Solicitara os cuidados da presidência provincial para a mui imperiosa necessidade da abertura de uma estrada de rodagem ligando a vila de Monção, no Pindaré, à de Imperatriz, no alto sertão.

E, entre outras múltiplas questões de assunto momentâneo, que procurava salutarmente solver, a prestante Sociedade punha em foco a já imensamente debatida da abertura do *Furo*, ou canal de Arapapaí, cujas obras jaziam abandonadas desde 1858, insistindo, agora, pela sua realidade, como o meio prático e exequível, quer de facilitar o comércio da capital com o do interior, pelas suas principais artérias fluviais: Munim, Itapecuru, Mearim, Pindaré e Grajaú, quer de prover, e sem grandes dispêndios, o melhoramento do porto de S. Luís, perfilhando, para este caso, a abalizada opinião dos engenheiros ingleses John Hashshaw e Milnor Roberts.

Unânime se manifestava, entre as classes produtoras, principalmente, o desejo de proceder-se, quanto antes, à abertura do canal, como medida imprescindível e de alta monta. E tão intenso se mostrava esse almejo que dir-se-ia ser o *Furo* a vereda pela qual se navegaria a defrontar uma nova Jerusalém. Os vapores e barcos a vela da navegação interior, a mais extensa e ativa no país, depois da do Amazonas, poderosamente auxiliada pelas marés, que no rio se fazem sentir, durante a estiagem, para dentro do litoral até trinta milhas, ficariam agora, pelo estabelecimento do novo canal, indenes dos perigos a que se expunham, não somente à pavorosa passagem do Boqueirão, mas ainda ao seguirem o canal que dá acesso à barra do Bacanga.

Assim, ao mesmo tempo que volvia as vistas para o urgente problema da ligação das águas bacanguenses às do rio dos Cachorros, a Sociedade Auxiliadora da Lavoura e Indústria, em gestos pasmatórios, atirava-se decisiva a outros cometimentos, alguns bastante arrojados e, pela temeridade, bem duvidosos do êxito, em prol da elevação econômica da terra ateniense.

Cabia-lhe, agora, a melindrosa tarefa de aparar certeiro o golpeamento que a Abolição, sem indenização, fazia cair penetrantemente sobre os principais fatores da riqueza pública.

Havia ela se estreado promissoramente, incorporando a Companhia de Fiação e Tecidos, com fortes capitais, exclusivamente levantados na província.

Os prospetos elucidativos, distribuídos a mancheias pelos incorporadores do grande estabelecimento fabril, tentavam irresistivelmente. E, ao demais, a cidade de Caxias, toda ciosa da sua pompa de Princesa do Sertão, instalara já a Fábrica Industrial, sob os mais felizes e provocadores augúrios. A cerimônia da inauguração, presidida pelo próprio presidente provincial, no meio dos mais ridentes aplausos de um povo sereno e confiante no seu futuro, assumiu proporções apoteóticas.

Por essa época, como que em irritada incerteza, no íntimo, pregava-se trombonescamente o progredir da província por um metamorfoseamento súbito e enfitado. Qualquer ideia, por mais impraticável que se evidenciasse, mal era apregoada e logo a se lhe surgirem aplausos de milhares de mãos, que se vermiculavam palmando obsedantemente a sua aceitação franca como medida salvadora de grandiosidade rara, tão enquistada estava no espírito dos reformadores a preocupação de marchar e marchar, embora para o incognoscível. Os problemas mais obscuros e complicados se afiguravam com clareza bastante nítida aos homens de razão esclarecida e forte que, no momento, se julgavam os guias supremos, os fecundos explanadores de quanto, porventura, importasse no desenvolvimento da terra donde naturais ou a que, por qualquer circunstância, se tivessem ligado.

As vias férreas projetadas tinham agora formal condenação de alguns dirigentes, os quais, arrogando-se de mais práticos, julgavam de maior proveito à sua terra cuidar-se, quanto antes, de conservar, melhorando-os consideravelmente, todos os rios que a banhavam, quer os de maior quer os de menor curso, com a esclarecidíssima ideia de serem as vias de comunicação fluvial as mais convenientes e desafiadoras de toda a concorrência na barateza dos fretes e na tarifa das passagens.

De "essencialmente agrícola" que era, com o crédito de constante reafirmado, no exterior, máxime pelo algodão de fibra a mais consistente em toda a produção mundial, passava a província, por dadivosa e gentil fortuna, a ser a Manchester brasileira. E, para comprová-lo, fazia erguer todos os seus recantos, numa acariciante epopeia hinária, a chaminé simbólica do Trabalho fabril.

E não houve quem se não tentasse diante da regeneração que se badalava em face da nova aurora, anunciada em castelos pirotécnicos de reinadio efeito.

Todos os possuidores de dinheiro e joias que de há muito acumulavam na Caixa Econômica e no Monte Socorro, a modo de combinação adrede, se entregaram de chofre a uma corrida nos dois estabelecimentos, que funcionavam em edifício único. Em nenhum deles, porém, a respectiva casa-forte se mostrou surpresa ante a exigência do numerário e das joias. De pronto eram conferidos os juros das cadernetas e os cupões das cautelas, atendendo-se aos retirantes, que reclamavam sofregamente os seus honestos depósitos. E, nas mesmíssimas notas em que saía das tesourarias da Econômica e do Monte, era a dinheirama levada a satisfazer as primeiras chamadas do capital integralizador da nova companhia, em poucos dias coberto.

Tão avultado era o número de subscritores de ações, tamanho o empenho em ser possuidor dos títulos da empresa nascitura, que se fizera mister um rateio visando a contemplação de todos pela aguçante incorporação.

Depressa adquiria-se todo o vasto planalto da Gamboa do Mato, verificado prestar-se magnificamente a ser nele edificada a primeira fábrica de fiação e tecidos que a cidade-capital ia possuir.

A engenharia aprestou-se para atacar com afã o erguimento do grandioso edifício. Veio o presidente Bento de Araújo, envergando austero a sua casaca e trazendo as insígnias de conselheiro, bater solene e delicadamente, com fino martelo de prata, na pedra fundamental da construção, estendendo sobre ela a primeira colher da argamassa alicerçadora.

E esse cerimonial, revestido de pomposo ruído, continenciado pelo batalhão de linha e recebendo grata saudação, a marcha batida, do corpo de Educandos Artífices e da milícia urbana, era a apoteose ao Trabalho, coroada pelo interminável aplaudir da multidão, que ali marulhava rumorejante, espessa.

Reinou, de então, um labor incessante e produtivo na edificação, que surgia como por encanto do aceleramento das obras prestes a concluir-se. Chegavam já as grandes caldeiras e as peças dos maquinismos das diversas seções, esmerada manufatura de Rogers, Sons, de Wolverhampton. De Marselha, diretamente, aportava um veleiro conduzindo dezenas de milhares de telhas, engenhoso produto da olaria francesa que, pela preferência, vencia a indústria indígena em toda a linha. Tilintavam já com fragor o entrechocar das ferramentas e o barulho da maquinaria, a encherem dum ruído desusado aquelas pinturescas paragens. Nos vastíssimos salões, por onde se movimentavam já os cem primeiros teares instalados, acionados pela máquina Compound, dava-se a derradeira demão, assim como se apresentava a conclusão dos demais compartimentos da casa, sob cujo abençoado teto se iam abrigar centenares de indivíduos, absorvidos pelo trabalho assegurador da sua honesta subsistência.

A companhia, incorporada com o capital de quatrocentos e cinquenta contos, aproveitara-se ainda do barateamento do material de mão d'obra para fazer erguer um edifício admirável na solidez e beleza da construção, grandiosa concepção da engenharia provinciana, em uma arquitetura que fascinava admiravelmente.

Tentados, talvez, pelo febricitante incremento dado às obras do estabelecimento em conclusão, apareciam outros arrojados empreendedores, que, em resolução quase súbita, incorporavam a Fábrica de Papel S. Luís. Todavia, no aceleramento da incorporação não previram a insuficiência do capital para a montagem do novo estabelecimento. Era que a empresa nascente vinha com o brilho da sua estrela visivelmente empanado, surgia com o destino condenado a duração efêmera, malgrado o bafejo de simpatia com que o público a acariciara.

As energias dos incorporadores se desatremavam todas, exclusivamente, no monumento cuja construção chegava a término com indizível aceleramento. A indústria têxtil não cederia, por enquanto, lugar a outra de ramo diverso.

De um trabalhoso aterro, entre o igarapé do Medeiros e o mangal divisor da Gamboa e do Mamoim, emanou uma ponte com o competente escoadouro das águas pluviais e das marés altas. Essa obra, que vinha encurtar a distância aos que quisessem transpor as muradas do terreno em cujo centro se edificara a fábrica, aproximava esta bastante da Aurora.

Foi por sobre essa ponte, entregue já à serventia pública, que rodou célere a carruagem palaciana conduzindo o conde d'Eu, então de passagem pela cidade, na sua excursão através das capitais das províncias nortistas. Gastão d'Orléans se mostrara vivamente interessado em assistir à experiência oficial a que se sujeitava a maquinaria da nova fiação. E, no interior do edifício, ouvindo o crepitante ruído oriundo do acionamento à centena de teares, batedores e cardas, naquela casa que se batizava para glorificar a Indústria indígena, quem sabe se a Alteza Imperial, o augusto consorte da Redentora, não via em tal movimento de trabalho pacífico e enobrecedor um poderoso lenitivo às agruras que, momentos antes, lhe haviam causado à alma as injustas manifestações de desagrado de que os liceístas rebelados o haviam tornado alvo!

E a aprazível chácara do nobre capitão Marçal, valorizada agora muito mais com o monumental templo do trabalho ali junto, tendo mais propícia aos seus operários a passagem pela ponte do aterro, acompanhava, por bem carinhoso metamorfoseamento, o progresso do bairro onde situada.

Vieram pintores, chefiados pelo Fernando Cruz, lustrar em cor mais atraente e fixa a fachada da casa e o portão principal que lhe dava acesso, colocando-se ao alto desse portal gradeado um mastro para bandeira. Um riquíssimo mobiliário artístico, cor de nogueira, vinha substituir, na sala de visitas, as obsoletas peças de esmerado taile em angico, com adornos de pau-cetim, que ali se ostentavam pesadamente apegadas ao seu estilo colonial.

A conclusão do aformoseamento da Aurora forneceu ensejo a mais um opíparo ajantarado, dos com que a miúdo vinha o Marçal obsequiando o pessoal amigo. Àqueles que, porventura, o acoimavam de perdulário sorria egoisticamente, deixando-lhes perceber que nenhuma satisfação era obrigado a dar pelo dispêndio do que lhe pertencia, daquilo que era muito seu. E foi picado por várias censuras, oriundas de alguém, que lhe tinha especial ojeriza, que se lhe sugeriu o capricho dum almoço lauto aos *causeurs* da roda e a outros para quem se abriram todas as portas da quinta, no Domingo dos Remédios.

O dia da tradicional festividade escolhera-o o nobre capitão para aquela demonstração de carinho e afeto aos que alimentavam tão invejável camaradagem.

O Benjamin e o Lourenço haviam sido chamados a operar, como preciosíssimos elementos de aguçante e fino paladar que eram, na culinária indígena.

Na fartura opulenta da sua mesa, o Marçal Pedreira, nada tinha, entretanto, de perdulário. O patrimônio herdado nenhum malbaratamento sofria, embora ele bem se pudesse haver criado na mais absoluta independência de uma mocidade dinheirosa, se lho não impedisse a avareza tutelar, sob cujos ferrenhos laços caíra.

Em lugar de honra, estava à mesa a Cornélia, toda loira e graciosa, pompeante nos seus dez anos, toda finura nas suas feições, linda com os seus lindos olhos, bela com os seus cabelos belos.

Educava-se a menina no Colégio de Nazaré, onde internada, e era a primeira vez que aparecia à mesa paterna, sentada ao lado dos amigos do progenitor. Estava ali a meiga Cornélia envergando o vestido de colegial, talhado em cambraia branca, simples, com ligeiros bordados, liberto da rendaria e dos folhos atufadores. Como adorno, pendia-lhe do colo um cordão de oiro com crucifixo, artístico e fino produto da ourivesaria portuguesa, e figa de azeviche artisticamente encastoada.

O pai, deveras envaidecido com essa interessante menina, na qual se adivinhava, em futuro não mui remoto, uma mulher de formosura estonteadora, não cabia em si de contentamento, em divinal admiração pela filhinha idolatrada. Fitava-a embevecido, acompanhando-lhe todos os gestos, a beber baboso todas as suas palavras, nas historietas que ela já improvisava pinturescamente e nas anedotas que recontava, com chiste no falar e gentileza no travesso riso.

O Pedreira não se cansava de proclamar-se feliz. Para o lar, tinha ele, no futuro, aquela criança, que a todos impressionava agradavelmente. Na política, via o seu partido no poder, a dar cartas, com a Câmara dos Deputados Gerais em via de reconhecimento quase unânime, e mais agora ele prelibando ufano o aproximar da eleição de senador, para a cadeira de Luís

Antônio, o visconde de Vieira da Silva, da lista tríplice de cujo pleito o imperante, tinha-se já como certo, escolheria outro visconde, o de Desterro, então a serviço da pátria no estrangeiro, por isso que era ele o candidato de melhor cotação no seu prestigioso partido.

E, na afirmativa desse prurido de felicidade política, não olvidava de bater na tecla de que, graças ao Saraiva, a vontade nacional sairia expressa desse "santuário da consciência política" que era a urna eleitoral.

Terminava o ágape, evidenciando o capitão, orgulhosamente, aos amigos comensais esta dupla ventura:

— Meus amigos, dizia-lhes, isto é que é a grandeza desta vida, o que todos nós levamos cá do mundo: A família, para consolar; a política, para se figurar!

Houve um movimento uníssono de aprovação franca às palavras do dono da chácara.

Da copa chegava o ruído da louça e dos cristais, pratos e copos, a caírem com fragor alegre.

Ouvia-se, então, vindo da torre da ermida dos Remédios, o som farfalhante e brônzeo da sinarada, na tocata alegre das quatro horas.

Consoladores sinos! Quanto haviam eles cantado sonoros pela apoteose de arrebatamento do povo, no ano anterior, quando a emancipação incondicional dos cativos se promulgou solenemente, como prenúncio grandioso da edificante obra da Regeneração Social, em um relampejar vivo de suprema e deslumbradora vitória!

E sob a verdejante e frondosa pomaria florida, que crescia ao lado do caramanchel, sentavam-se os almoçantes ajantarados, à mesa do solo, embaralhando afoitos as cartas para a partida inicial.

Numa bandeja de charão, preciosa relíquia da família Pedreira, chegava fumegante e cheiroso o café pós-pasto, logo avidamente saboreado como *excelsior* elemento digestivo.

A galante Cornélia, trajando na mesma simplicidade, e seguida da governante da casa paterna, uma gorda e ágil mulata cinquentona, saía a visitar pessoas amigas do Pedreira, na circunvizinhança.

O Marçal, esse ficava a presidir, com o sorriso expansivo de serenidade e confiança pairando-lhe nos lábios, o tique--taque das cartas no jogo quase desinteressado ante o chistoso prosar que o alimentava com a maior vivacidade.

Até ali, à Aurora, chegava agora, alternadamente com a sonoridade dos sinos, o ruído da tocata da música, do borborinho da multidão e da assuada infantil, no largo dos Remédios, desde a ponta do Romeu aos domínios do Medeiros, na expectativa de promissor ressurgimento.

Era todo um povo de uma cidade que, a diminuta distância da quinta, se entregava à expansão máxima do folguedo, em um misto sacrossanto de religião e hosanas à sua história, a que se associavam, em magno triunfo, os tradicionais sinos, tangendo repinicadamente, a alvoroçar a multidão folgazã, exultando-a grandemente, acariciando-lhe a inabalável Fé.

II.
NA ALVORADA DA REPÚBLICA

Quedara-se a tarde do fatídico dia, todo apreensivo e cheio de novidades, no decurso do qual os habitantes da cidade se encontravam imersos em estonteadora preocupação. Era a dúvida a trabalhar marteladamente no espírito da maioria dos circunstantes, obstinados em não darem crédito à boataria desencontrada, que se alastrava por todos os bairros da *urbs*.

A notícia mais fresca, a que fora propalada em letra de fôrma, era precisamente ainda a que já passara ao domínio público, desde o amanhecer, e concebida neste inquietante laconismo:

BOLETIM D'O *GLOBO* — TELEGRAMA — RIO, 15 NOVEMBRO 1889. — DR. PEDRO BELARTE — MARANHÃO: — REPÚBLICA PROCLAMADA. MINISTÉRIO PRESO. EXÉRCITO POVO CONFRATERNIZADOS. VIVA A REPÚBLICA! — *SÁ VALE*.

A folha que, inesperadamente, por um simples boletim, atirava aos quatro ventos a sensacional nova da mudança da forma de governo do país e da prisão dos membros do Gabinete Ouro Preto, era órgão da dissidência do Partido Liberal; e, se bem que de circulação, não muito remota, vinha de certa maneira trabalhando simpaticamente pela causa republicana local, até então com restrito número de adeptos. O seu principal redator era o dr. Pedro Belarte, advogado notável no foro da capital da província, tribuno eloquente, eletrizador das massas populares, nos *meetings*, e empolgador dos auditórios, nas audiências e nos tribunais, pelos lances felicíssimos e *boutades* oratórias, com a sua palavra burilada e quente.

O valente tribuno e jornalista, figura grandemente simpática, insinuante, de porte fidalgo e irrivalizável elegância, parecia-se com o então príncipe de Gales, no olhar aclarado e na barba cuidada que usava, sempre envergando, austero, calças brancas gomadas com um burnido irrepreensível. O vestuário, o andar, as atitudes, assinalavam-lhe o espírito altamente superior e culto. Vinha o notável causídico do Partido Liberal, militando ao lado de outros patrícios de peregrino talento e invejável patriotismo, sem que os seus predicados se obumbrassem. Tinha-os no olhar rasgado e penetrante, e isso já o havia provado exuberantemente, quando representou a terra natal na Câmara Baixa do Parlamento imperial, em duas legislaturas, deixando nos *Anais* um marco indelével do seu talento.

De tirocínio acadêmico memorável, durante o qual deu vivas mostras do seu cultivo intelectual, o dr. Belarte começara a terçar armas na imprensa da província de São Paulo, em cuja Faculdade de Direito se formara em ciências jurídico-sociais. Debutando no *Ensaio Paulistano*, periódico acadêmico, escrevera, logo depois, *O romance dum moço rico*, chistosa comédia-drama, em cinco atos e sete quadros, de colaboração com Salvador de Mendonça e Luís Bivar, passando a redigir outro periódico acadêmico, *A Razão*, no qual tinha como companheiros Campos Sales e Quirino Santos.

Não somente nos mencionados, mas ainda noutros periódicos de ensaio acadêmico, afirmara o dr. Pedro Belarte a sua envergadura para as lides da imprensa, e nos comícios promovidos pela mocidade da escola superior que cursava, educou convenientemente a sua fibra oratória. Possuía, em dom mui invejável, prodigiosos recursos de imaginação e forma colorida, a visão animada das cenas produzidas e figuras evocadas, assimilação admiravelmente fácil, acariciando e arrebatando, com esse predicado raro, a alma popular, que se impressionava deliciosamente com a sua pronúncia à lusitana.

A sua estadia agora na direção do vespertino da dissidência liberal, onde o vinha colher o novo sistema de governo, mantinha-o como em uma ponte oscilante entre os divergentes do partido político a dominar e o regime democrático que a Abolição havia acelerado a proclamar-se. Era ele o genuíno chefe dos republicanos, na província, que a tal lhe davam pleno direito a fama do seu talento e a propaganda arriscada e tenaz que sustentava, não tanto em O *Globo*, mas de contínuo, na tribuna, a peito descoberto, a arrostar impávido com as chufas e impropérios dos desalmados.

De quando em vez o antigo representante na Assembleia Geral promovia uma série de conferências republicanas, que se realizavam aos domingos, à tarde, ora na sacada da janela principal do palacete dum cidadão norte-americano, Mr. Harrison, cirurgião-dentista de grande clientela, ora do Hotel Central, do Picot, onde as iguarias não tinham comensais em número para invejar.

Na propaganda, habilitavam-se a serem sagrados "históricos" os conhecidos republicanos Carlos Medrado, o poeta másculo de O *Alá errante*, quiçá o brasileiro mais viajado detidamente nas duas Américas, e mesmo na Europa, e o jornalista Saturnino Romário, ao tempo com o seu semanário O *Novo Brasil*, de circulação na capital, ambos figuras infalíveis no auditório das conferências belartinas, e aos quais se vinham juntar os estudantes dos últimos anos do curso secundário, então com um periódico, O *Século*, também pregador das ideias republicanas.

Para o brilhante jornalista e advogado sem dúvida que não fora surpresa o despacho telegráfico que ele mandara distribuir em boletim, pois que, dizia-se, certamente alguma senha lhe teria passado aos olhos, tanto que o seu jornal, na semana anterior, num dos *Ecos*, dissera constar a existência na Corte, de séria divergência entre o Exército e o Governo, ou, por outra, tendo recrudescido ali a *questão militar*, agora mais encarniçada, bem mais atemorizadora.

E O *Globo* circulou nessa tarde sucessora dum dia cheio de boatos inconfirmados, pormenorizando o telegrama divulgado no boletim da véspera e adiantando mais a notícia do embarque da família imperial para a Europa, a bordo do *Alagoas*, e a organização do Governo Provisório da República.

Vinha o editorial do conceituado vespertino, como de costume, claro e conciso; mas sem exames profundos nem meditações exaustivas, que a isso não era dado o vigoroso articulista. E deixava perceber ao conselheiro Tácito Augusto que o desaparecimento do ministério Ouro Preto e do regime dinástico implicava tacitamente na renúncia do presidente da província, mero delegado do gabinete derrocado.

Do mesmo prelo, donde acabava de sair à circulação o diário contendo esse editorial teso e ameaçador, eram ainda tirados, e logo distribuídos fartamente pela cidade, boletins encerrando, em caracteres de corpo graúdo, esta proclamação:

Concidadãos! Está proclamada a República Federal Brasileira! Este grande povo fornece à civilização e à história um grande testemunho. Nem uma gota de sangue, nem a mais tênue alteração da ordem pública. Em nome da liberdade, em nome da democracia, em nome da humanidade, sejamos calmos, generosos e grandes. Reconstituamos a Pátria, readquiramos os direitos cívicos. — *Pedro Belarte.*

Assim falava aos seus concidadãos o homem que, por atos e palavras, bem acentuados e de mui claríssima significação, conquistará o direito de erguer o bastão de chefe dos republicanos na província.

O festejado causídico, na concisa mensagem, exaltando a grandeza do povo, na hora da sua transformação política, falava a toda a sua terra, porque se não limitava à capital a ação expansiva dos republicanos.

No interior, lá na região sertaneja, o movimento se desenrolara vívido, marchava sublimemente, sem peias, intransigente. De cidade em cidade, de vila em vila, ia em uma ramificação que, pelo vultoso, impressionava os monarquistas. Em Barra do Corda, a chave do sertão, Isaac Martins fazia circular um semanário, órgão das ideias republicanas, e fundava-se um clube democrático. Na cidade de Carolina, formava-se também um clube republicano; e, na Imperatriz, as urnas, com estupefaciente surpresa, deram votos a Benjamin Constant e a Quintino Bocaiuva, para deputado geral, contra o candidato situacionista.

E esse congregar de elementos antimonárquicos fora encarado pelos dominantes como uma inquietadora alvorada de novos engalfinhamentos onde, havia bem pouco, havia sido teatro de fratricida luta, cujos caudilhos, os Leões, os Araújos e sequazes, ainda tinham os seus apavorantes nomes a tenalhar os correligionários.

Ao amanhecer do dia seguinte, um domingo, mais intensa era a agitação no espírito público, mais sedento de novidades. Todo um frêmito de ânsia empolgara a alma do povo, mantendo-se muitos no recesso do lar, junto da família, para garanti-la, na previsão dum levante; outros erravam pelas esquinas, na indagação sôfrega de notícias, na engenhosa armação de castelos de cartas.

De instante a instante, um moleque dava de gâmbias pelas ruas, distribuindo boletins, que eram celeremente devorados pelos leitores curiosos. Os boatos se sucediam numa vertiginosidade pasmosa, e tinham cunho de verdade, por mais descabelados que se afigurassem.

À proporção que o dia se adiantava nas horas, o movimento era mais crescente por todas as ruas, já não sendo segredo que se tramava uma resistência belicosa a qualquer ordem que porventura viesse do centro para os republicanos assumirem o Governo. E até o próprio quartel do 5.º batalhão estava em iminência dum ataque; e certamente não foi senão por se arrecear disso que o oficial de estado ordenara a saída duma faxina de vinte homens, para conduzir da Escola de Aprendizes Marinheiros, ao mesmo quartel, todas as armas portáteis e dois canhões Whitworth, de calibres diversos, recolhendo esse armamento sob a maior vigilância.

Estavam à testa dos dirigentes do movimento embaraçador da ação dos adeptos do novo regime vultos salientes dos partidos monárquicos, se bem que nem todos açulassem às claras.

Os magotes se vieram formando, as adesões eram crescentes, e começava-se já a concertar o plano de ataque à redação d'*O Globo*.

De vez em quando, um cabecilha inflamava o pessoal, incitando-o à luta, sem timidez.

Ao largo do Carmo, certo o local onde maior era a aglomeração, iam ter a toda a hora mensageiros de diretores imaginários ou incógnitos da rebelião decidida. Era o *meeting*, por convite anônimo, que se ia realizar ali, aonde haviam convertido em centro das operações. Parecia que todos os homens que, no ano anterior, estavam delirantes pela extinção do elemento servil, se achavam congregados na praça, formando uma guarda avançada ao trono em que desejariam ver Isabel, a Redentora, pois que visando a este bendito nome, de propósito, eram os vivas que soltavam ininterruptamente, num entusiasmo eletrizante, e em convicção profunda de baterem-se por um ideal que não compreendiam com absoluta nitidez.

E quando, à míngua de oradores mais decididos, que encaminhassem inteligentemente o movimento, bem se lhes surgiu uma bandeira diretriz da campanha a travar, depressa se recordaram ser o Clube Artístico Abolicionista quem lhes deveria servir de guia nessa peleja, na qual se iam empenhar resoluta e patrioticamente. Então, os estafetas partiram rápidos, à busca das adesões dos pioneiros abolicionistas.

Se da missão não regressavam cantando vitória completa, por não trazerem combatentes em número elevado, como almejavam, vinham, todavia, bem radiantes, pois que conquistaram dois valorosos companheiros: o Victor Castelo e o José Santa Rosa. O primeiro, sobretudo, era um homem de ação decidida, talhado para a luta, da qual não sabia recuar uma vez nela empenhado; o segundo, se bem que tímido, algumas vezes, nunca desertara da peleja quando esta se tornava, pelas circunstâncias, bem renhida.

A chegada desses dois salvadores elementos foi saudada por entre hurras e palmas, num crescendo de aclamações pompeantes aos da dinastia bragantina deposta, e em frenético exaltamento aos seus mais dedicados servidores.

O sol dum dia ardente dardejava aquela onda humana, que agora apinhava o largo, num borborinho belicoso, imovente, indeciso quase, para uma resolução extrema. Havia gente, havia chefe de arruaça. Apenas faltava uma cabeça pensante ou um braço forte para intemeratamente dirigir o movimento a estalar.

Estivadores do Jerônimo Tavares, trabalhadores das companhias das Sacas (Prensa) e União (Tesouro) operários da

Usina do Raposo, embarcadiços, catraieiros e pescadores das praias do Caju e do Desterro, aos magotes, todos se vinham juntar àqueles que, premeditando uma sanha felina e implacável, ali se achavam inertes, limitando-se a erguer vivas e a brandir ameaçadores, porretes, aos quais vinha tilintar um ou outro fragmento de arco de barril.

Debalde os chefetes lisonjeavam o Victor Castelo para que assumisse o comando em chefe das hostes. E ele, todo cheio de perspicácia e de ironia perante as coisas da vida real, se retraía sempre.

— Estava pronto, afirmava, a seguir com o grosso do povo; mas iria sem ser no desempenho das funções que a todo o transe lhe queriam dar.

O agitador, porém, reconhecia estar indo o dia ao seu término e ser preciso fazer-se alguma coisa de resultado eficaz.

Estavam todos a abeberar-se nas ponderadas e decisivas palavras vitorinas quando, de todas as esquinas, que iam ter à grande praça, apareceram moleques distribuindo boletins, em que se convidava o povo para a conferência belartina, naquela tarde domingueira, e na qual o fogoso tribuno evidenciaria aos seus concidadãos, em linguagem cristã, as grandezas e vantagens inauditas do novo regime.

Depressa encontraram o x da questão. Não se indagaria mais aonde iria ter aquela multidão sedenta de luta. Num abrir e fechar de olhos se ordenou a onda dos manifestantes. Eram os chefetes metamorfoseados em chefes, ao mesmo tempo que da massa belicosa novos chefetes surgiam possuídos de frêmito por demais alegre e clamoroso.

Como por encanto trepou ao mais alto dos degraus do Pelourinho, secularmente erguido no largo, um crioulo bem corpulento e invejavelmente robusto, charuto ao canto da boca, deixando espelhar-se no semblante o que de entusiástico lhe ia na alma. Com a mão direita, o rapaz brandia a sua bengala canela-de-veado e, na outra, empunhava, atado a uma vara tortuosa, o auriverde pavilhão com a coroa da monarquia derrocada.

Palmas reboavam em frenesi por toda a praça, saudando o porta-bandeira do exército que ali se improvisava, e agora ia marchar a sítio conhecido — obstar a realização da conferência anunciada.

E, formando pelotões, entre aclamações que não cessavam, deixaram os arvoredos copados e redondos, sob os quais se abrigavam até então, numa conspirata indecisa, e julgavam chegado a supremo e consolante momento do desfilar. Marcharam resolutos e compenetrados de irem a salvamento da pátria.

A algazarra era ferrenha, estonteadoramente grossa. Como tivessem, porém, ainda umas duas horas diante si para o começo da conferência que eles visavam impedir, aumentaram o itinerário, não somente com o propósito duma exibição, porém para o aliciamento de mais adeptos, porventura tentados por aquela insinuação assim tão viva. Transitaram por bairros estreitos e íngremes, e a cauda acrescia, à medida que por maior número de ruas girava o préstito apupante.

Já o tempo vencia, aproximando a hora ou do retraimento dos republicanos ou da sua digladiação com os atacantes. Por isso, retrocederam rumo do largo do Carmo, para daí seguirem à rua Vinte e Oito de Julho, ao edifício do vespertino.

Na rua do Sol, o cortejo estacou em frente ao palacete do chefe do partido, cuja situação baqueara com o trono, e onde se achava homiziado o conselheiro presidente da província, que acorreu à sacada duma das janelas a observar a onda desfilante. Impressionava confrangedoramente aquela nobre figura de veterano de inúmeros serviços à monarquia, a cabeça encanecida, palidamente cioso de sua função de conselheiro e guarda-roupa de s. m. o imperador, e resignado à sua atribuladora sorte de depositário dum espólio, que outra significação não tinha, no momento, a presidência provincial.

Da multidão movente partiram repercutentes hurras ao conselheiro Tácito Augusto, em atitude provocadoramente justa de que seguisse com ela para o Palácio, a sede do governo, e lá deixar-se ficar, no seu posto, para cair com o partido todo, no qual aquela turba não via, agora, senão a força viva representativa dos Braganças. Mas o homenageado, todo ungido dum sentimento de clemência e cordura, aconselhava aos exaltados a paz, a volta ao lar, para junto dos entes queridos; e, em muito insinuante lucidez, apelava já para os fatos consumados.

Em vão, porém, o conselheiro falou como amigo político e como presidente que ainda o era da província. A nenhum dos títulos se lhe mostravam submissos. Redobravam as aclamações aos da família imperial, e prosseguiram indomáveis os ovacionantes na sua marcha, para o triunfo ou para o incognoscível.

Foi com o pavilhão desdobrado aos ventos que a avalanche de manifestantes tornou ao largo do Carmo, onde se manteve, enquanto mais um discurso incendiário se pronunciasse.

E ainda o degrau do Pelourinho dava guarida a um orador. Este, porém, pesava promissoramente, deslumbrava maiormente, envolvia mais em entusiasmo. Era o dr. João Eduardo, antigo deputado geral, advogado e professor, figura estreitamente familiarizada com a multidão, afeita aos comícios populares, com a palavra fácil, correntia, empolgante e sempre vitoriosa. O ex-representante dum dos distritos eleitorais da província, no Parlamento, não militava no partido que a revolução desapeava; ao contrário, fora por ele derrotado nas eleições de Câmara unânime, presididas pelo Gabinete Ouro Preto. Por isso, a sua figura insuspeita para os rebeldes, ali entre eles, vinha agora recrudescer o movimento, ampará-lo, dar-lhe calor e vivacidade ainda mais fortes.

Mas o antigo Parlamento discursava já com entusiasmo, que se foi inflamando por tal forma que, de muita paz e cordura por ele aconselhadas, ao prelúdio do discurso, passou a lavrar ferrenho protesto verbal pela transformação do sistema governativo, perorando num incitamento penetrante e comunicativo com a massa, ali propensa ao que desse e viesse, à rebelião sem tréguas, e a não se acobardar nem se coadunar com os "conselheiros propensos a amoldarem-se aos fatos consumados".

Essa peroração, em que se não ocultava a luva desafiadora à placidez do presidente, caído em inanição, mal lhe chegava aos ouvidos a notícia da mudança do regime, fizera tocar ao auge o delírio dos defensores da monarquia, empolgando-os todos, tornando decididos pouquíssimos porventura ainda vacilantes e como curiosos adstritos ao movimento.

Da torre da igreja do Carmo vinha o tilintar dos sinos. Era o *Angelus*, anunciando do campanário a sua hora, naquele momento em que ninguém previa senão lauréis, triunfos, reconquistas.

A esse tempo desfilava às barbas dos amotinados, vinda do quartel do 5.º, uma tropa, armas embaladas, sob o comando dum alferes, requisitada e de boamente enviada para guardar a redação d'*O Globo*, ameaçada de investidas, já tendo sido apedrejada, por um pequeno grupo de populares, a tabuleta contendo os últimos telegramas recebidos.

Não se realizaria mais a conferência, por bem prudente deliberação, para evitar o ataque de que já eram sabedores o chefe republicano e os seus amigos, que, desde alto dia, se fizeram prisioneiros voluntários da redação da folha democrática. À proporção que os discursos incendiários se iam produzindo, no largo do Carmo e nas esquinas próximas, deles se tinha conhecimento na redação, em resumos feitos ao sabor dos delatores. E isso dera ensejo a um acautelamento sério por parte dos que ali reconheciam não ter a vida para negócio, nem o pelo para chamusco. Clandestinamente chegou a dar entrada algum armamento, e esse de gênero mui diverso do dos amotinados. Em poucos instantes o interior do edifício d'*O Globo*, era um arsenal. A garantia pedida visava unicamente o exterior, que internamente se predispunham a ataques um homem para o outro, peito a peito, sem recuo, nem temor.

Mas, na praça, o parlamentar incendiário dera o seu recado e se deixara partir, tomando outro rumo, pois que, no momento, não se lhe despertava n'alma nenhuma aspiração elevada.

Enquanto à multidão, essa não recalcitrara, não cedera uma linha do que a si traçara. Não se apavorava com o desfilar da tropa de linha embalada, que descia em proteção do chefe republicano e do seu jornal. Seguiria inabalável, certa de que um só tiro não partiria das espingardas Comblain do 5.º de Infantaria, se fossem apontadas aos peitos dos seus irmãos. —

E quando o quisessem, ajuizavam, a inferioridade de número abateria a soldadesca ante aquela avalanche resoluta e propensa a tudo, agora, naquele crepúsculo vespertino.

Assim falavam pábulos os chefes aos chefetes, e estes repetiam aos que constituíam o grosso dos rebelados.

— O que se tivesse a empenhar, se venderia logo, eram todos concordes.

E ainda sob a melodiosa sinarada, a multidão, num arremesso ousado, desfilou vertiginosa e possessa a ladeira do Viramundo. A bandeira era conduzida pelo mesmo crioulo, que a fazia tremular no ar. Como armamento, além dos porretes de madeira indígena, levavam pedras e matacães, agarrados ao acaso de sobre os calçamentos mal preparados, entrando nesse aparato bélico alguns pedaços de canos enferrujados, não esquecendo os dois elementos másculos das assuadas — o cofo e a chupa, prontos a tirarem o seu quinhão no desfecho da investida a que os precipitavam.

Aquele povo, aparentemente reivindicador e idólatra, seguia sem a serenidade reflexiva, impelido pela sugestão de emocionais argumentos.

Mal os que formavam à frente paravam ao fim da íngreme ladeira e a provocação partia, insultuosa e positiva, ao chefe da propaganda, e as janelas do edifício assediado que se cerravam rápidas, deixando os encastelados à força de linha a liberdade de operar.

O comandante da tropa intimou, por mais de uma vez, aos turbulentos se não aproximassem e retrocedessem incontinente. Era, porém, em vão. De pé firme, decididos, os peitos francamente expostos às baionetas, aumentavam a grita e exigiam da tropa abrisse alas, que eles queriam invadir a redação a todo o transe. O nome do dr. Pedro Belarte, o ardoroso jornalista republicano, reboara naquele clamor intenso. Queriam beber-lhe o sangue... E certo o fariam, tão resolutos se evidenciavam os assaltantes, se o alferes não ordenasse à soldadesca cerrar fileiras, e ficando na defensiva. Mas já as pedras e os matacães zuniam por sobre as barretinhas dos soldados, amolgavam o reboco da fachada e estalidavam nas vidraças do edifício do jornal, produzindo um ruído confuso e imenso.

A onda ganhava terreno, e a tropa seria, na certa, dizimada a pau e pedra... Nisto, o oficial, medindo rápido a situação, ordenou uma descarga para ar, em intimidação última.

Ao estrondar dos tiros a vozeria aplaca, para surgirem as imprecações, sob novas e mais decisivas arremetidas. Outra descarga, agora certeira à multidão apupante. Os soldados falhavam à previsão dos intemeratos irmãos atacantes, pois a disciplina mandava obedecer incontinente, disparando as espingardas para rechaçar o povo, cujo grosso recuava já em debandada infrene.

Três ou quatro dos assaltantes, inclusive o crioulo porta-bandeira, caem instantaneamente mortos. Dezenas de feridos, uns graves, rolando ao estertor da agonia, nas negras pedras do calçamento da ladeira, aos gritos lancinantes, outros levemente, praguejando, clamavam por socorro, que não chegava.

E o dispersar, ante as duas descargas das Comblain, foi rápido qual relâmpago. O grito de salve-se quem puder atroava por todas as cercanias da folha democrática, cujo cerco agora se levantava. Por todos os lados era uma correria indomável. A coragem dos salvadores do princípio monárquico abatera com os heróis tombados mortos pelas balas da força de linha e com os feridos que, na rua, em frente ao edifício d'*O Globo*, jaziam inertes em rubras poças de sangue.

A polícia chegava vagarosa, a cuidar dos mortos e feridos, distribuindo estes para a botica do Vidal e o hospital da Santa Casa, conforme a aparente gravidade dos ferimentos, e fazendo remover os cadáveres para o cemitério da pia instituição.

Na igreja, ainda a sinarada cantava sonora na torre. E, na sua tristeza latejante, parecia o dobre do *De profundis* pelos que acabavam de baquear, a pouca distância do templo, lamentavelmente vitimados pelo apego à insensatez.

Estava feita a implantação do regime republicano, sob o batismo lustral do sangue do povo, passando o Maranhão à história como a única província heroica que, dentre as vinte, opusera tenaz resistência, pelas armas, ao derruimento súbito da nobre dinastia.

Enquanto à cidade, essa se enlutava e fechava toda em entorpecimento e mutismo confrangedores e em comovente situação de indizível tristeza.

III.
A PROCLAMAÇÃO DA DEMOCRACIA

Anoitecera, havia bem pouco, e já sob o caramanchel da Aurora se viam instalados, na roda costumeira, os cavaqueadores que tinham pecado mortalmente na sua assiduidade, durante as noites precedentes; uns, imobilizados em casa, em atilada expectativa ou receosos de serem colhidos pela onda da refrega, outros, bem de matreiros abispando uma posição em que se viessem encontrar comodamente quando se consumassem os fatos.

O capitão Marçal, esse não se furtava em confessar, com franqueza, ainda não estar em si do abalo que à sua alma de monárquico, por princípios de gratidão, causara a inesperada e súbita transformação. — Trazia, afirmava-o, o peito cheio de mágoa pela ingratidão que tiveram para com o imperador, não se lhe respeitando tamanho acervo de serviços que, num reinado de mais de meio século, prestara o monarca-sábio deposto à pátria idolatrada. E o que mais o ralava, calando-lhe com a maior pungência no espírito, era o não se ter a Corte em peso levantado, num esforço unânime, para impedir o destronamento do incontestavelmente maior homem do Brasil, não só pela realeza como pela elevação que a sua sapiência dera ao país, por um impulsionamento salutar e vigoroso. — Era assim, então, que se premiava a tão magnânimo imperante, encanecido através do mais incessante labutar pela grandeza do país, impondo-o, pelos seus feitos, aos olhares das outras nações, grandes e pequenas, geograficamente falando, potentes e desmobilizadas, no sentido bélico?! Que estranha maneira era essa por que a nação se mostrava agradecida ao seu imperante, esse grande patriota que lhe proporcionara o gozo de cinco décadas de serena paz e invejável prosperidade, coisa inteiramente desconhecida nas repúblicas vizinhas, onde os *pronunciamientos* e as revoluções periódicas haviam assentado o seu arraial?!

E como que possuindo já a nítida certeza de estar o evento consumado, ei-lo continuando a pronunciar-se todo favoravelmente e justiceiro ao velho e bondoso soberano, que viajava rumo do Velho Mundo.

Do reinado de d. Pedro de Alcântara — quem não reconheceria? — resultaram os movimentos sociais e políticos mais decisivos, alguns dos quais, malgrado lhe prenunciassem essa perda do trono, que agora lhe parecia consumada, não tiveram a oposição do monarca deportado.

Num exaltamento misto de pena pela ingratidão de que fizeram alvo o imperante destronado e de orgulho de brasileiro pelo metamorfoseamento político operado no grosso do país, como se dizia, pacificamente, o Marçal erguia-se a passear de um lado para o outro, mãos aos bolsos do rodaque de brim pardo, falando para os seus amigos, que lhe bebiam as palavras cabeceando em apoio.

— Agora, dizia ele, podíamos afirmar que do seu longo reinado, da sua orientação e da sua coparticipação pessoal, nos grandes cometimentos a que o país fora chamado a partilhar, emanou o lugar de destaque especial com que sempre nos lográvamos apresentar. Haja vista esse glorioso certame universal de que a torre Eiffel foi o *clou*, certame pela incomparável beleza assombrador dos povos civilizados e no qual tremulou garrida e gloriosamente a bandeira imperial da única nação monárquica da América.

Ia o oficial e proprietário repetindo-se, por essa maneira, nos considerandos, à medida que os pândegos conversadores chegavam, todos atarantados, cada qual mais sôfrego em melhor se assenhorear das notícias do ocorrido, tanto na terra, como lá no teatro principal da transformação do regime.

Chegava, afinal, o Jovino todo expansivo e exultante. E, sem precisar que lhe dissessem estar sendo notada a sua demora, foi se desculpando com a excessiva tarefa que, durante o dia, carregara aos ombros. — Era assim a República!

comentava. Tinha-se nela a cumprir uma interminável série de deveres sociais a que se não podiam furtar todos os cidadãos que, como ele, desejassem praticá-la fielmente. Isso lhe não viria, porém, impedir de prosseguir na assiduidade com que sempre frequentara o cavaco, ali na Aurora. — Disso, concluía, podiam estar os amigos bem tranquilos.

Houve um uníssono sinal de apoio às adocicadas palavras do neorrepublicano. Nenhum obstáculo mostraram ao companheiro, que agora surgia transformado nas ideias dum dia para o outro, abdicando-as de conservadoras que eram nas abraçadas momentaneamente por quase toda a gente. Queriam dele as novidades fresquinhas, os pormenores das arruaças da véspera, sob o regime monárquico, e dos acontecimentos do dia, dos quais resultou à província a adesão à nova forma de governo do país.

O Jovino seguira todo o movimento, gravara-o bem na mente, sem lhe olvidar a menor ocorrência. E ainda bem o capitão Marçal se não mostrara interessado pelos pormenores, e o conversador que achegava a sua cadeira para junto da poltrona de vime e de largo espaldar em que descansava o dono da quinta.

A narrativa dos sucessos ia ser ali feita por uma testemunha ocular, pormenorizada mais do que nenhum dos jornais da tarde, que as notícias por eles estampadas eram duma deficiência pasmosa e indizível. As folhas partidárias da monarquia derrocada não se queriam incompatibilizar numa descrição dos acontecimentos em que comprometeriam o delito dos seus adeptos; por outro lado, o jornal que apoiava o sistema de governo inaugurado preferia calculadamente acobertar-se ao laconismo noticiarista para agir, depois, com mais incontestável e nítida segurança.

O acadêmico dava início à narração.

Quando a cidade começava a despertar, ainda apavorada com os morticínios da véspera, ele, Jovino, farejava já por becos e vielas as notícias. E tanto pesquisou, pondo em prática astúcia e empenhos, em peregrinação tão incessante, que logrou fazer reportagem farta e preciosa para uso seu e dos amigos, ao mesmo tempo que se habilitava a contrariar os boateiros que porventura quisessem adulterar "o peixe" destinado à venda.

De todo o público já era sabido, àquelas primeiras horas da manhã, que o coronel Luís Taveira, para o povo eternamente o *major* Taveira, então no comando do 5.º de Infantaria de linha tivera, em "palavras convincentes e determinativas", ordem telegráfica do Governo Provisório da República para organizar uma Junta Governativa na província e promover, quanto antes, a adesão desta ao regime proclamado na Corte imperial pelas classes militares, em nome da nação.

A ordem, recebida aí por cerca de uma hora da madrugada, quando ecoava ainda dolente o trágico término da luta em que a mesma autoridade fora chamada a intervir, com o fim de obstar o ataque iminente ao vespertino da dissidência liberal, teve da parte do bravo militar jubiloso acolhimento. Tal empenho mostrou ele em cumpri-la que já se sabia quais os pró-homens que constituiriam a Junta, cuja posse era marcada para as onze horas. E fora tudo ponderadamente resolvido em franca combinação com o dr. Pedro Belarte.

No momento dessa alta resolução, tomada no estado-maior do quartel da tropa de linha, cuidava-se, por outro lado, dos mortos e feridos da noite anterior.

No cemitério, após ligeiro autopsiamento, indispensável para as indagações policiais, eram os cadáveres dados à sepultura, sob o pungente derramar de lágrimas e gritos angustiosos de parentes que haviam tido permissão de contemplar, pela derradeira vez, as pessoas estremecidas, que tinham também caído na ladeira do Viramundo, varadas mortiferamente pelas balas das Comblain da força garantidora da inviolabilidade do edifício d'*O Globo* e incumbida de impedir a agressão aos seus ocupantes. E ao tempo que, no campo-santo, se deitava em sepultura rasa a pá de cal, e os sete palmos de terra caíam pesadamente sobre os corpos das infelizes vítimas do ideal por que se bateram, com lisura e coragem inauditas, adstritamente obcecadas à inconsciência, — no hospital da Santa Casa cuidava-se dos feridos que, na véspera, receberam pacientemente os primeiros curativos na botica do Vidal.

A portaria do vasto edifício da praça da Caridade estava literalmente cheia de gente, que acorrera sôfrega por saber da sorte dos entes extremosos, naquele momento sob a ação clorofórmica e aos cuidados dos médicos da pia instituição.

Na sala das operações incrementava-se, com afã, a todo um reluzente arsenal cirúrgico, no decepamento de braços e pernas dos pobres mortais que, sem esse recurso inevitável da cirurgia, seriam fatalmente levados pela gangrena a partilhar da sorte idêntica à dos companheiros que, na necrópole, já dormiam o seu sono eterno. E, no mortífero trabalho a que o excessivo número de feridos sujeitava todos os operadores, a fadiga sobrevinha, desalentando-os. Mas nenhum descanso se lhes deparava possível. Tratava-se era de acelerar a operação, desprezando-se um exame mais detido, uma pesquisa mais minuciosa, a comprovar se todos os feridos necessitavam, efetivamente, de intervenção cirúrgica.

O barbeiro Macedo, o veterano dos sangradores locais, tivera os seus serviços aproveitados, auxiliando os médicos e aplicando sanguessugas. Condoía-se a alma do deitador de bichas ante aquele enervante vibrar do serrote decepador; e tanto se lhe revoltou a consciência quando, para terminar depressa, não se detiveram mais os instrumentos cortantes, que ele, esquecendo a sua posição subalterna, ali, não se conteve e deixou escapar corajosamente a censura que lhe pairava aos lábios: julgava verdadeira falta de humanismo aquele preparo que se lhe evidenciava de atirar-se à cidade cerca de duas dezenas de aleijados, o que, pela própria cirurgia, ali em ação, poderia bem ser evitado. E concluiu afirmando temerariamente ser aquilo que se estava a praticar uma verdadeira carnificina, uma barbaridade sem nome.

O dr. Firmiano, chefe do serviço hospitalar, pasmou diante a afoiteza do barbeiro, em tão melindroso momento. Suspendeu o serrote e, encarando-o, atônito, e firmemente, disse-lhe, em tom imperioso:

— Olá, meu petulante, isto aqui não é açougue, onde a gente da tua laia rejeita os ossos! Faze apenas o teu serviço e não te atrevas a meter o bedelho aonde não se te chamou. Quem se imiscui em coisas de brancos, tem a mesma tristíssima sorte aqui destes teus companheiros, *seu* refinado patife!

— E sabe que mais? rua!

E, indicando ao aplicador das sanguessugas o caminho da porta, o intrépido sangrador escafedeu-se obedecendo à intimativa.

Enquanto ao cirurgião, esse serenamente tornou a imprimir ao serrote o movimento relinchante nas amputações, entrando já a término, das pernas e braços dos infelizes que, em tão desgraçados sucessos, talvez não suspeitassem sequer sairiam aureolados do martírio. E, por isso, entregavam-se resignados aos curativos finais, às compressas, à gaze, deixando operar sobre as suas feridas dolorosas o sublimado e o iodofórmio, com todas as meticulosas regras da antisséptica.

Ia já alto o dia e aproximava-se a hora solene da adesão.

Ao Palácio da presidência acorriam pressurosos amigos do Governo a inaugurar-se, em número elevadíssimo, contrastando estupendamente com o dos que acercavam ainda o conselheiro Tácito, prestes a ser desapeado das suas altas funções.

Os primeiros a chegar foram vereadores da Câmara Municipal, quase unânime de elementos do Partido Conservador, e que, havia dois dias, estavam em sessão permanente, aguardando ordens do Governo Provisório, a cujos serviços se puseram telegraficamente. Vieram, em seguida, os membros da Relação distrital e os cidadãos convidados a fazer parte da Junta Governativa, em número de sete: o coronel Taveira e um tenente do mesmo batalhão por aquele comandado; o dr. Pedro Belarte, o capitão do porto, o comandante da Escola de Aprendizes Marinheiros, um membro preeminente do Partido Conservador, da facção castrista, e outro representante da dissidência liberal, indicados, os dois últimos, pelo dr. Belarte.

Procuravam todos, em unânime empenho, dar ao ato a maior solenidade; e, através desse afã jubiloso, não se podia deixar de perceber que contrastava vivamente a fisionomia dos ascendentes ao poder com a daqueles cuja missão agora se findava de súbito.

E logo que o termo da cerimônia da posse, lavrado por zeloso e antigo funcionário da secretaria da presidência, foi concluído, passou-se a lê-lo, independentemente das assinaturas que, em ordem convencionada, seriam registradas. Era sucinta e sem redundâncias, como convinha ao momento, a redação da peça documentária, na qual ficaria assinalada para todo o sempre a implantação da forma de Governo republicano na terra ateniense. Nela se registrava que o comandante da força pública de linha e chefe da Junta Governativa se investia deste último cargo, obedecendo a determinação telegráfica do marechal de campo proclamador da República e chefe do seu Governo Provisório. Rezava ainda o termo da posse o qual, à exibição feita pelo coronel Taveira ao conselheiro Tácito do telegrama de Deodoro, o presidente provincial deposto dissera que, independente de qualquer ordem, passaria a administração ao mesmo militar intimante, por isso que se lhe escasseavam os elementos indispensáveis para a garantia da segurança e tranquilidade públicas.

Finda que foi a leitura do termo, os presentes começaram a subscrevê-lo. O dr. Belarte produzia ligeira e patriótica alocução congratulatória com o "povo da sua estremecida terra", exultando pela metamorfose política do país, à qual o Maranhão acabava de aderir, pelo órgão daqueles cidadãos representativos de elementos políticos e militares ali congregados, uníssonos em uma ação toda de paz, terminando por erguer altissonantemente entusiástico e vibrante viva à República.

Em frente à Casa do Governo, as bandas musicais faziam ouvir, com estridor, a Marselhesa, essa sugestionadora música de nação libertada que, já ao alvorecer, se executara no quartel do 5.º, quando atroou festiva a salva de vinte e um tiros, em primeiro anúncio da adesão.

Os populares que iam enchendo o largo, à audição da tocata do hino nacional da França, para eles até então quase desconhecido, acompanhavam automaticamente o palmar estalidante e vigoroso dos que, das janelas do Palácio governamental, se mostravam bem jubilosos em aplauso simultâneo à composição de Rouget de l'Isle e à República nascente.

Os membros da Junta passavam à sala dos despachos, a redigirem, na "mesa da ferradura", donde se dirigiam os destinos do Maranhão província, a proclamação inicial dos atos do Governo do Maranhão estado, sob o sistema republicano federativo.

Decorrera pouco tempo e a proclamação, subscrita pelos sete membros da governança, era afixada à porta da comuna e mandada a imprimir, para pleno conhecimento do público.

Fora assim concebida, a peça:

Concidadãos: Está proclamado o Governo republicano. A Junta Provisória, reunida no palácio da administração pública, delibera bem tranquila, confiando plenamente nos sentimentos de ordem da população do estado do Maranhão e no patriotismo nunca desmentido desta província, ilustre pelos títulos que a nobilitam.

A Junta Provisória tem força para garantir a segurança de cada um dos cidadãos, e dos estrangeiros residentes na terra hospitaleira da pátria; ela aguarda confiante o apoio que a gravidade da situação nos impõe e que, fortalecendo a administração, assegurará ao Estado a paz e a tranquilidade. Viva a República! Maranhão, 18 de novembro de 1889.

Entravam então os governantes provisórios na sua tarefa dupla: propagar e administrar.

A narrativa dos acontecimentos, nítida e fielmente feita, sob o caramanchel da Aurora, pelo prestante Jovino, nenhum comentário vivo despertava. De quando em vez, à proporção que ali se desvendavam as tenebrosas cenas do enterramento das vítimas baleadas, os horrores do hospital, e as adesões súbitas, espontâneas e surpreendentes, os bons homens prosadores da quinta entreolhavam-se; e, no seu mutismo, afigurava-se a todos eles ser aquilo tudo ali contado apenas um esboço de horrendos desmandos e iniquidades, que promanariam da transformação inesperada por que passara a nação, de Governo monárquico representativo constitucional para republicano federativo.

E nesse afigurar incomentado se ficaram; e tanto que, mal o Jovino, declarando-se esfalfado, se retirava, e eles que, num desejo unânime de boa-noite ao capitão Marçal, também imitavam o acadêmico adesista na sua disparada rumo dos penates.

Para o povo fora cruciante e, ao mesmo tempo, jubilosa a passagem dos primeiros dias do regime sucedâneo do monárquico.

A nova polícia, transformada em administração da "segurança pública", agia com implacável dureza.

Findo o martírio dos mandatários sobreviventes das arruaças da véspera da adesão, a segurança pública tratava de catrafilar os cabecilhas mandantes, que à sua sanha eram apontados por miseráveis delatores, alguns deles que até haviam comungado na mesma ideia e planeado, em ação conjunta, o assalto a *O Globo* e a agressão a que lograra escapar o dr. Belarte. Vários deles, cabeças de motim, avisados a tempo, conservaram-se foragidos, sob coberta enxuta, e na expectativa do desfecho das diligências policiais. Outros indiciados, porém, não se puderam furtar à detença e à inquirição, indo ter à presença das autoridades. Nesse número foram incluídos o Joaquim Alberto e o Apolônio Gaudêncio; este, foguista e, aquele, zelador da Usina do Raposo, os quais a delação apontava como elementos mais felinos do motim e dos seus principais instigadores, submissos às insinuações do dr. João Eduardo para promoverem a bernarda.

A Polícia Civil republicana tinha à testa da sua delegacia, no seio da capital, o tenente Queirós, oficial do 5.°, que, na noite que se seguiu à refrega, se oferecera e fora aceito para render o seu colega no comando da força garantidora do vespertino ameaçado e dos homiziados no seu edifício. Os seus primeiros atos foram os mais absurdos e iníquos. Era ele verdadeira negação do tipo de autoridade calma e reflexiva; possuía os mais vivazes sentimentos de crueza e despotismo, no mando ditatorial que lhe entregavam.

Por ordem de tão arbitrária autoridade fora uma força embalada à porta principal da Usina exigir a entrega dos dois implicados, com a determinação de conduzi-los arrastados, se recalcitrassem, ou fazer fogo, dado que os operários, como se propalava, instigassem o foguista e o zelador do estabelecimento a desobedecerem o mandado de prisão. Mas ninguém se opôs, diante aquele intimidador aparato de forças, a que os dois arruaceiros seguissem presos para a Cadeia pública, onde ficaram sob a mais rigorosa incomunicabilidade.

À frente da Polícia Militar achava-se o major Honorato Clemente, também pertencente ao 5.°. Este oficial vinha de praça no mesmo batalhão, desde cadete, ascendendo àquela patente, sempre ataviado a uma pirronice cruel, maligno por instinto, do que fazia timbre, o que refletia perseguidoramente nos praças de pré e o afastava visivelmente da estima dos seus camaradas oficiais. Na caserna, quando as horas de lazeres permitiam à soldadesca pândega entregar-se à troça e que os atos pueris e os gestos caricatos do major vinham à baila, era ele adequadamente crismado de Piolho Viajante, alcunha jocosa que transpôs célere os portões do quartel.

À ação ditatorial dessa dupla polícia, Civil e Militar, a que entregaram a cidade, deve-se principalmente a perseguição de que foram vítimas tantas e tantas pessoas, injustamente imputadas delinquentes.

O dr. João Eduardo, embora com aparato de força menor do que o posto em prática na prisão do Joaquim Alberto e do Apolônio Gaudêncio, na Usina, fora também detido incomunicável, mas no quartel do 5.º. Encarcerado como conspirador contra as instituições inauguradas, como mandatário da bernarda, impulsionador do movimento e seu principal braço dirigente, o ex-parlamentar e acatado causídico estava com sentinela à vista, sem receber nem visitas nem notícias da família e dos amigos. E a essa incomunicabilidade a que sujeitaram o ex-deputado agitador das massas, já por si o bastante dolorosa, para quem por tantos cadinhos ainda reservavam fazer passar, se vinha cruelmente juntar o trucidamento que a todo o instante o major Honorato Clemente entendia de antegozar. De quando em vez, o Piolho Viajante tirava-se dos seus cuidados e ia atenazar o preso político sob a sua guarda. Era, então, uma chusma de invencionices que se lhe formavam à cachola e ele, prelibando um gosto todo especial, presumia incutir no espírito do seu prisioneiro. Pintava com a mais tristíssima cor o quadro da situação, de cuja Polícia Militar era ele o chefe. E quase de contínuo concluía afiançando ao detido que o Governo Provisório da República pedira informações precisas sobre o motim do Maranhão, e a Junta informara o que de verdade constava. — Nessa informação, acrescentava ele, toda cheia de veracidade, como se fazia mister, fora o dr. João Eduardo assinalado como o principal instigador do levante popular. E, nas suas ferrenhas invectivas, sempre terminava o seu atemorizamento ao preso dizendo-lhe:

— Estou aguardando as últimas ordens, caro doutor, para fazê-lo passar pelas armas! O pelotão executor está pronto à primeira voz! Resignação e coragem, meu doutor!

O detido nada contrapunha às invectivas piolhentas, limitando-se, algumas vezes, a esboçar, no seu semblante sereno de resignado à sorte, um sorriso de escárnio àquele militar forte com os fracos, que lhe vinha ali, na prisão, a toda hora, motejar da sua infelicidade, a torturá-lo vil e acremente. Ele bem que sabia, por bilhetes transitados pelas mãos das próprias sentinelas, que a sua vida não corria o perigo que o major lhe anunciava a todo o momento; tranquilizava-se, portanto, sabendo estar a sua prisão servindo mais de intimidação a recalcitrantes do novo regime que, porventura, surgissem. Tudo aquilo era feito de cálculo e crueza para aumentar a sua torturante angústia moral. E, no esforço máximo de aparentar ao major Clemente uma resignação, que não se lhe podia manter íntegra, diante aquela figura desprezível e mesquinha, o dr. João Eduardo deixava perceber estar enfastiado de tanta ameaça de voar a sua cabeça, e como que desejando fosse logo o que se deixava para mais tarde, e se fizesse a venda imediata do que se tinha a empenhar.

O adesionismo avançava célere por todos os recantos da ex-província. Cidade, vila ou povoação, por menor que fosse, porfiava em fazer agitar todo pompeante o pavilhão republicano, ao som da Marselhesa. As próprias Câmaras Municipais encabeçavam o movimento e promoviam festejos imponentes, enviando extensos telegramas congratulatórios à Junta Governativa.

Na capital não era menor o entusiasmo francamente manifestado por todas as camadas sociais. A edilidade fizera garbo em aderir com ruído, tornando os seus adesistas em bem evidente posição.

Diariamente iam ter à Casa do Governo representantes de todas as corporações e numerosos empregados públicos, em cumprimentos coletivos, levados pelos próprios chefes das repartições. Eram: a Associação Comercial, pela sua diretoria; o Foro pelos membros da Relação, juízes de direito e substitutos, escrivães e o corpo de beleguins, chefiado pelo sargento Raimundo; a Alfândega, desde o inspetor ao guarda, e do capataz ao remeiro; o Liceu, pelos corpos docente e discente; os artistas, os práticos da barra, a oficialidade da Guarda Nacional, e uma infinidade de comissões de sociedades de fins múltiplos.

Aderiam todos numa vertiginosidade pasmosa. E sempre com festas, a foguetório estrugente, selavam os adesistas o seu ato decisivo.

Houve um neorrepublicano, o dr. Alfred Gibson, intérprete comercial e médico homeopata, que aventou logo a ideia duma subscrição popular com o propósito de adquirir-se um mimo a ser oferecido ao coronel Luís Taveira, a fim de ao distinto militar ser recordado, a todo o tempo, o reconhecimento da terra pelos serviços por ele prestados à causa da ordem pública. Depressa a subscrição foi acariciada pelo comércio, indo mesmo muito além do *quantum* que para o brinde se fazia mister.

Todas as noites a cidade pompeava nas festas. Passeatas promovidas por todas as classes, cada qual mais brilhante, seguiam-se à iniciada pela estudantil. A retórica malhava intensa por todas as esquinas, numa catadupa de hosanas à democrática forma de governo.

A Junta, por sua vez, não deixava arrefecer esse palpitante entusiasmo a que se arraigara a alma do povo. De quando em vez promulgava uma resolução, procurando empenhadamente ir de encontro à fibra patriótica, eletrizando-a. E a mais recente era a que derrocava os vestígios materiais do regime baqueado de recente, e assim redigida:

Atendendo a que o regime monárquico sucumbiu ante o esforço patriótico da nação, tendo sido substituído por um governo essencialmente democrático; atendendo a que cumpre apagar quanto possível dos fastos nacionais a memória ominosa do imperialismo, que atrasou corrompeu e esterilizou os sentimentos cívicos dos brasileiros; a Junta Governativa do estado Maranhão resolve e manda que assim se execute:

— Serão destruídos em todas as repartições públicas do estado todos e quaisquer vestígios materiais do antigo regime: coroas imperiais, bandeiras, insígnias e os retratos do ex-Imperador e membros de sua família, os quais serão recolhidos ao depósito de artigos bélicos, e quando, enfim, recorde o período infortunado da pátria. Os militares de terra e mar, oficiais públicos, corpos de polícia e municipais façam desaparecer a coroa imperial que encima os seus botões. Publique-se e comunique-se.

E a picareta e o alvião destruidores operaram vigorosamente nos sólidos granitos e nas consistentes argamassas das fachadas dos edifícios públicos, apagando da contemplação humana os custosos monumentos que à esmerada ação do cinzel e do buril deveram a nítida perfeição que se lhes admirava, e agora, por ordem superior, eram sumidos, reduzidos a entulho e poeira. Somente na fachada da igreja de S. João e no frontispício do quadrilongo dos armazéns da Companhia

Confiança, à Praia Grande, ficavam os escudos imperiais inatingidos pela picareta oficial.

Precisamente na tarde do dia em que a Junta lançava a público aquela resolução, se realizava também a passeata promovida pelo pessoal da Companhia das Sacas, os trabalhadores da Prensa. Vinha à testa da procissão cívica um magote de homens dos que, dias antes, partilharam da onda ameaçadora d'*O Globo*, agora, porém, fazendo coro com os que bendiziam as virtudes e grandezas do sistema governativo instituído de pouco torrão brasílio.

E quando, desembocando no largo do Carmo, a passeata defrontou o Pelourinho, este se encontrava todo apinhado, o mesmo se dando nas cercanias. No próprio degrau donde o dr. João Eduardo insuflara a populaça para o movimento de protesto contra o derruir do trono, erguia-se, na ocasião, a figura altamente insinuante e simpática do ardoroso republicano dr. Pedro Belarte, que quisera dar essa cativante e viva mostra de comunicação com o povo, por parte do Governo Provisório local, de que era ele tão acatado elemento.

Os manifestantes exultaram, vendo-se assim juntinhos do propagandista e administrador; e, em estonteadoras e frenéticas aclamações deram a palavra ao tribuno triunfante. E pronto o verbo quente e burilado do ovacionado flamejou a arrebatar e emocionar a onda popular, através de um enaltecimento incensado às grandezas da democracia.

Num arremesso perorativo, máximo de entusiasmo e requintado todo de patriotismo inigualável, as imagens se lhe chegavam estupendamente felizes, até que, descendo o degrau, a grande figura da oratória se foi afastando, sempre arrebatadora, vindo colocar-se fronteira à coluna. Apontou, então, para ela e, intimativa, imperativamente, o dr. Belarte concluiu:

— Concidadãos! Aqui foram barbaramente surrados os nossos avós! Derroquemos, sem piedade, este monumento aviltante para os nossos dias, agora que se nos surge promissor, com todo o seu majestoso brilhar, o sol da liberdade e da fraternidade, numa pátria feliz e forte!

Palavras não eram ditas e aqueles denodados homens, de fortes e salientes musculaturas afeitas ao manejar quotidiano das sacas e fardos de algodão em rama, de avantajado peso, atiravam-se decididos e possessos à monumental coluna torcida, de pedra-mármore. Como por encanto, apareceram logo ao alcance dos manifestantes, vindos das companhias das Águas e do Gás, poderosas alavancas e grossos martelos, malhos e marretas, que entraram em ação pronta no derruimento ordenado pelo chefe republicano.

Resolutamente, implacavelmente, qual esfomeados urubus no esfacelamento devorador da carniça, os mandatários derrocavam o quase secular monumento que, desde 1815, se erguia ali, no adro do Carmo, sem que a história, por mais esmiuçada que fosse, elucidasse a sua proveniência, a sua verdadeira serventia naquele pinturesco local.

O histórico da origem da coluna assaltada e despedaçada chegara até aos contemporâneos empanado, duvidoso: Se servira de poste de suplício aos delinquentes, sabendo-se até dos nomes dos primeiros nele açoitados, também era inconteste não haver tido outro destino que o — "indício de ser a povoação, onde colocado, de caráter de cidade ou vila, cabeça dum termo, sede principal das autoridades judiciais".

E, assim, a remoção que os edis da cidade, em 1865, pediam insistentemente à presidência da província se fizesse do Pelourinho, dali para local que não impedisse o trânsito, solicitação reiterada com vivíssimo empenho, no ano seguinte, ao próprio Governo imperial, sempre indeferida, era conseguida com inaudita facilidade pelo súbito e arrebatador entusiasmo do prestigioso membro da Junta Governativa, comunicando-se à alma popular, sugestionando-a deveras.

Obtinha-se a mais estrondosa vitória, naquele instante, sob o som empolgante da Marselhesa, que as bandas de música zabumbavam simultaneamente e aos repercutentes vivas à República e ao novo Estado confederado, para todo o sempre afigurado grandioso.

IV.
AS FESTAS ADESIONISTAS

As manifestações adesionistas à proclamação do Governo da Democracia prosseguiam crescentes, sempre com o mesmo intenso e vivo fragor, ungidas de inquebrantável frêmito de entusiasmo, e partiam de todas as classes sociais, visando talvez um paliativo ao temor reinante no seio delas próprias.

Eram festivais atrativos da afeição do novo regime aos que porventura o repudiavam.

Até os magarefes, sacudidos pelo instinto de animação que empolgava a todos, no momento, deixavam de lado os aventais tingidos de sangue bovino e as reluzentes facas a machadinhas da retaliação das polpas da carne do adorável bife, e também iam levar, ao som de marchas triunfais e ao estalido reboante do foguetório, a sua solidariedade ao republicanismo de implantação recente.

Por sua vez, a Junta, aproveitando-se de tão acendrado civismo, não deixava de proclamar exultante a todo o transe a consolidação da nova forma governativa. E, conjuntamente esse vívido afã, com que ela procurava incutir, no espírito dos convertidos democratas, as grandezas e os frutos, que do regime recém-inaugurado adviriam salutarmente à nação, tornava conhecidos, numa tarefa quotidiana, atos e palavras com os quais o Governo Provisório evangelizava, no Rio.

Semelhante divulgação, feita pela imprensa republicana, era transcrita empenhadamente pelas próprias folhas que não comungavam no credo dos governantes provisórios do Estado, coartadas por completo na liberdade dos comentários e de verberar os desatinos e as estultices que, diariamente, partiam da "mesa de ferradura" e concorriam para que os seus autores alheassem de si toda a simpatia do povo, que os ovacionava com delírio falseado.

Cresciam, sem prever-se um paradeiro, as arbitrariedades com que o delegado Queirós dispunha a bel talante, na Polícia Civil, da sorte dos seus concidadãos levados aos postos policiais. A inquirição para a insensata autoridade era letra morta, no que ela não divergia do procedimento dos governativos, cuja volubilidade nos atos aumentava todos os dias, à proporção que eles se iam habituando a não serem contrariados em nenhum dos seus caprichos. O detido, pela menor queixa, era conservado a pão e água, quando lho davam, por mais de vinte e quatro horas; e, antes de posto em liberdade, se lhe infligiam, numa intimidação de reincidência, repelentes e indecorosos castigos, dos quais os menores se limitavam à aplicação de dúzias sobre dúzias de estalidantes bolos, palmatoados à sustança, e à raspagem dos cabelos, operada por qualquer esbirro policial. A conquista da liberdade era mediante o sujeitamento das mãos a causticantes pancadas de férula e a cabeça entregue à navalha raspadora.

Suprimira-se o direito de reunião, a simples aceno do delegado ditatorial.

E a população, numa pacificidade de carneiro, sem meios de defesa, amoldava-se aos ditames das inclementes autoridades sustentadas pelo poderio dos pontífices do Provisório.

Na Aurora, por cujas cercanias já rondavam, farejando motivos para a delação, os secretas que o façanhudo Queirós distribuíra pelos bairros suspeitos, havia cessado a costumeira reunião noturna, e isso por previdente convencionalismo entre os cavaqueadores. Não, que nenhum deles se não queria atrever, com a sua presença, a um ensejo de vir a ser alvo da sanha da despótica autoridade. E, por isso, fora o próprio capitão Marçal Pedreira, por astúcia e prevenção aliás mui louváveis, cioso do instinto conservador da sua pele e da dos amigos, quem propusera a suspensão temporária das desopilantes seratas.

A quinta, entretanto, se imolara. Nenhum rumor vinha lá de dentro; nenhuma figura humana mesmo ali aparecia em determinadas horas diurnas; poucos vultos se mostravam nos arredores da chácara.

Ao Marçal parecia já um sonho essa transformação súbita do seu incomparável sítio em um isolamento, a cujo amor e encanto se ia enlevando, o desaparecer dessa amenidade e do repouso de que apenas na sua Aurora se gozava, em plenitude grandemente invejável.

Igual retraimento voluntário de comentar os acontecimentos locais e do coração da República punha-se também em prática por todos os clubes e cafés, às portas das boticas Francesa e do Vidal, do Ribas e do Abreu, nas lojas do Ribeiro e Notre Dame, na livraria do Magalhães, nos botequins do Hermeto e do Queirós, na Casa do Diabo, e isso numa preocupação unânime de evitar averbamento de suspeição. Em alguns trechos citadinos então o movimento havia paralisado por completo, manifesta como era a desconfiança contra todos os que perturbavam e comprometiam a paz das ruas.

Não porque apavorassem e ainda surpreendessem os desmandos que à Junta aprazia praticar e sancionar, pois que do elemento popular eram eles conhecidos, em toda a sua minudência. Mas continuava detido e incomunicável, no quartel do 5.º, sob os torpes desvarios e tormentos do Piolho Viajante, o dr. João Eduardo, cuja cabeça, como se lhe anunciava, e também ao povo, rolaria por terra ao primeiro bramido dos populares contra as façanhas dos governantes. A figura do antigo parlamentar monárquico, agora servindo de refém, transformara-se em ídolo do povo, que, em sacrossanta deificação, preferiria o azorrague policial a saber se havia tocado sequer em um único fio dos encanecidos e preciosos cabelos do prisioneiro agitador das massas.

E, para maior atemorização da população, o Provisório, ao mesmo tempo, como para redimir-se das culpas que se lhe avultavam mais e mais no seu já amontoado acervo, pedira ao Governo central enviasse de outros estados tropa para reforçar a que já se achava exausta, por afadigamento oriundo da prontidão obrigada a interminável vigília, nessa tarefa nobilitante de sopitar qualquer movimento, sempre em iminência, opositor à estabilidade do regime de que se fizera ela mui abnegada garantidora.

Os governantes federais foram solícitos em atender ao pedido que, com tal justificativa, lhes fazia a Junta, por via telegráfica. No despacho por meio do qual o ministro dos Negócios Interiores se mostrava presto em vir de encontro ao apelo, despacho logo divulgado em boletim d'*O Globo*, comunicava Aristides Lobo a partida para o Maranhão de força auxiliar de linha, da estacionada no Piauí e Ceará, e mais que viria do Camocim, em cujo porto permanecia fundeada, havia tempos, a canhoneira *Traripe*, da Marinha de guerra nacional, sob o comando do capitão-tenente Álvares Câmara. O telegrama mensageiro de tão grata nova para a Junta

Governativa, terminava com este brado entusiástico do ministro do Provisório:

"Saúdo os bravos que defenderam a causa da República e felicito o dr. Pedro Belarte."

E os soldados e o navio de guerra não se fizeram esperar no desempenho da alta missão a que lhos enviavam.

Entre as pomposas resoluções governamentais vinha agora a que feria diretamente o decano dos quotidianos da terra, o *Diário*, até então impronunciável contra os desmandos e desvarios, e que por contrato legal, durando já além de ano, publicava os atos oficiais. A Junta fundamentava o seu decreto na afirmativa de que "concorrendo motivos de ordem pública, resultantes da posição duvidosa, perante o Governo do Estado, do *Diário*, contratante da publicação dos atos oficiais, tinha resolvido na rescisão, além do arbítrio conferido às partes contratantes de poder cada uma desmanchar o pacto a seu aprazimento". E, pela mesma resolução, era contratado, nos termos estabelecidos com o decano, e por quatro anos, o dito serviço com *O Novo Brasil*, antigo órgão republicano, que se deveria, para esse mister, transformar em folha diária.

A administração do jornal de contrato rescindido não se animou a verberar o caso, dados os considerandos que precediam precisamente o decreto ab-rogador. Limitou-se secamente a prover a venda avulsa da folha, que a sua circulação era, até ali, circunscrita a assinantes e à permuta, timbrando num conservantismo arraigado aos costumes primevos do jornalismo provinciano.

Outros decretos e resoluções se vinham sucedendo, amontoadamente, recebidos sem o menor protesto por parte dos que por eles saíam prejudicados. Extinguia-se a verba "Guisamentos", aplicada no dispêndio com o culto católico; revogava-se a disposição legislativa, pela qual se subsidiavam os alunos do Seminário de Santo Antônio; abolia-se o dote até então garantido às educandas do Asilo de Santa Teresa que contraíssem matrimônio; suprimia-se a verba subsidiária aos capelães da Cadeia, da Casa dos Educandos Artífices e do curato do Gurupi, e respectivos sacristães.

Para a suspensão do auxílio ao culto católico, estribava-se a Junta Governativa provisória nestas razões:

> Considerando que as subvenções a estabelecimentos religiosos representam privilégio odioso e diametralmente oposto ao princípio republicano da liberdade e igualdade dos cultos; que é ofensiva à consciência pública toda preferência manifestada pelo Estado em favor de uma religião que não é comum a todos os cidadãos; que não é de direito pagar impostos para aplicar-lhe o produto a serviços que aproveitam unicamente a uma parte do corpo social, e não inteira comunhão do Estado, — Resolve, etc.

Malgrado o descontentamento latente, que lavrava no seio das coletividades, era por todas as fisionomias um eloquente fingir de profundo bem-estar. O tratamento de "senhor" sumira-se como por encanto, substituído pelo de "cidadão", atestador vivo da mais absoluta igualdade social. Parecia se encontrarem todos muito alheios aos desmandos, às perseguições, que por pouco mais de uma quinzena de dias bastou para os amoldar a esse fingimento de conversão democrática, espontânea e diligente.

Do interminável cantar de hosanas à República proclamada, certo foi a procissão cívica promovida pelas classes representativas dos três poderosos fatores da riqueza pública — o Comércio, a Lavoura e a Indústria, a que, pela sua grandiosa imponência, se considerou o *clou* dentre tantas outras. O advento do regime da democracia provocara dessas coletividades uma manifestação única em aparato e galhardia, destinada a ser relembrada *ad perpetuam rei memoriam*.

As burras dos senhores das classes conservadoras abriram-se em pródiga derrama de dinheiro, os cordéis das bolsas se deixaram afrouxar sem pena, contanto que se não empanasse, nem por sonho, o vivo brilhantismo do festival de tão potenciais classes.

Era ao declinar da tarde de um dia em que todo o comércio permanecera inativo e não funcionaram as repartições de público serviço. Raros recalcitrantes, apenas, a quem os populares convertem, ousam abrir os estabelecimentos. Nos consulados e edifícios públicos as bandeiras flutuavam numerosíssimas ao vento. Nesse estadear de regozijo o povo ocupa o primeiro plano, na folga precursora da manifestação de regozijo de que deveriam partilhar todas as outras classes sociais, por comissões de seus diretores.

No largo dos Remédios, todo apinhado pela força militar, em uniforme de gala, e por crescida massa de povo, entravam triunfantemente os membros da Junta do Provisório, em *landaus* grandiosamente imponentes, saudados pela Marselhesa das bandas marciais e homenageados pelas corporações ali formadas. Vinham de semblantes bem demonstrativos do lisonjeio pela pompa ostentadora.

Ordenou-se logo o préstito, a que se incorporaram, em lugar de honra, os veículos dos governantes. Era o foguetório de bateria, partido de numerosas e bastas girândolas, a crepitar intenso nos ares, era uma salva dos clássicos vinte e um tiros a ecoar com estridor por toda a cidade, na anunciação afanosa do contentamento dos manifestantes. E, terminada a salva, o cortejo punha-se em movimento, numa ordem meticulosamente cuidada. Cavaleiros enfaixados, empunhando bandeiras de todas as Repúblicas do universo, encabeçavam a passeata. As tropas abriam fileiras, para continenciar, aguardando o lugar em que marchariam. Aos cavaleiros bandeirantes seguia-se o carro alegórico, conduzindo o grupo simbólico da República, da Glória e da Liberdade: eram três formosas moçoilas, belas e sedutoras, tanto e tanto que, no ajustamento do seu porte ao símbolo, mais pareciam estátuas. Em disposição simétrica formavam os carros conduzindo cada qual o seu guião, com inscrições das grandes datas republicanas locais e nacionais.

Estas eram: 2 novembro 1685 — Suplício de Bequimão; 1789-92 — Inconfidência Mineira; 1817 — Revolução de Pernambuco; 1835-45 — República de Piratini; 23 julho 1824 — Confederação do Equador; 7 novembro 1848 — Revolução Brasileira; 1888 — 1.º Congresso Republicano no Rio de Janeiro; 1870 — Grande Manifesto Republicano; 15 novembro 1889 — Proclamação da República Brasileira; 18 novembro 1889 — Adesão do Maranhão à República. Depois, os *landaus* dos governantes, que rodavam acompanhando o portentoso grupo alegórico e a que se sucediam outras carruagens: a da Deusa da Justiça, precedendo os magistrados, a envergarem austeros as suas negras becas; a de Minerva, guiando os estudantes secundários; *au grand complet*, e os primários, por delegações, a de Ceres, à frente dos propulsionadores da civilização agrícola, dos cultivadores de cereais brotados da nossa terra abençoada e fecunda; a das Belas-Artes e Ofícios, seguida do operariado, grandioso nas aclamações ao Trabalho; e, finalmente, o derradeiro carro alegórico, de Marte, o deus dos guerreiros, abrindo caminho a toda a força militar, que marchava luzida e garbosa no seu uniforme de gala.

O rutilante cortejo percorreu, sempre com a mesma ordem e galhardia, as principais ruas e praças da cidade, indo dissolver-se em frente ao Teatro S. Luís, fazia já noite.

Daí a instantes, a casa de espetáculos, regurgitava. Ia ter começo a sessão magna, parte última da manifestação das classes produtoras.

O edifício ostentava feérica iluminação, ressaltando maravilhosamente fulgurante a ornamentação, dum esmero artístico esplendoroso. Além dos membros da Junta e delegações de todas as classes sociais, no teatro se via toda a *élite* da sociedade local.

Entre os oradores inscritos, achava-se o Fabrício, chefe duma das oficinas da Usina do Raposo, homem de instrução acima do vulgar.

O seu nome, de sobejo conhecido em todas as sociedades, era acatado com reverência. Fora ele presidente e um dos fundadores do Clube Artístico Abolicionista e, na Usina, se os operários possuíssem regular instrução, teria ele, inspirado pelo seu saber, conquistado lugar preeminente; levantaria um partido, se quisesse, tal a cega abnegação que lhe votavam. Acercava-se, no estabelecimento, dos poucos que, pela sua inteligência, o poderiam compreender e explicava-lhes, fundado na sua farta e variada leitura, as grandezas e virtudes da República, que ele considerava a melhor forma de governo para um país. Pregava-a com uma eloquência em nada inferior à dos melhores e mais festejados tribunos. E, dos que o podiam entender nessas prédicas contínuas, apenas um, o João Cadete, chefe da oficina de modeladores e veterano do Paraguai, divergia das suas ideias. Todas as vezes que o ardoroso républico terminava, entre os operários, as suas palestras doutrinárias, o Cadete respondia-lhe convincente:

— Qual, seu Fabrício, se isto por aqui chegar a ser República, algum dia, muita gente apanhará bolos e você irá à Cadeia!

O apregoador das grandezas do regime da democracia sorria às sentenças do modelador, motejava do que ele considerava puro ceticismo.

Ainda no dia em que pelo telégrafo chegava a sensacional nova de que a República passara a reger os habitantes das terras brasílicas, o Fabrício, opulentamente possuído de incontida alegria, chegou-se todo sorridente ao Cadete e, esfregando as mãos, num exultamento único, disse-lhe:

— É agora que você vai ver o que é governo! Tome nota!

— É agora, retorquiu-lhe o modelador, que você vai à Cadeia e muita gente apanha bolos! Note bem!

Do pessoal da Usina, grande parte se achava no teatro, vivamente empenhado em ouvir o discurso de seu colega de trabalho. Afirmava-se, entre o operariado do estabelecimento, que o Fabrício, sem intimidar-se com o amordaçamento a que haviam sujeitado a imprensa, e nem menos com o pavor que a todos causavam as severidades ilegais das autoridades de polícia, iria dizer, nas chinchas dos governantes, o seu modo de sentir, profligar os desmandos e arbitrariedades, lançar um protesto refletor do que de verdadeiro se passava na alma popular.

Assomando à tribuna, quando chegada a sua vez, pelo número da inscrição, o Fabrício foi recebido por uma estridente salva de palmas, que rumorejou altissonante pelo abobadado edifício, ao contrário do que o auditório fizera com os oradores precedentes, friamente recebidos e discursando sem aplausos. Diante a estrepitosa manifestação que o povo lhe faz, o tribuno deixa transparecer a comoção, dominando-se, porém. E, fitando a enorme massa popular, que incessantemente o aclama, como que procura perscrutar o que vai na alma dos aclamantes, o que eles sentiam e o que de sincero iria nas suas constantes e vivíssimas ovações.

A assistência, de instante a instante, agita-se sofregamente; todos como que anseiam pela palavra do orador. Sente-se aqueles milhares de cérebros tendo o mesmo objetivo, o mesmo desejo.

Fez-se, finalmente, o silêncio. E a palavra do orador, temida e querida, é escutada. Fluente, emocionante e carinhoso, umas vezes, causticante outras, vai dominando o auditório que, de compacto, se acotovelava.

O povo, agora mudo e quieto, sentindo vibrar-se-lhe a alma às palavras fabricianas, ouvia-as atentamente, embaladamente preso ao silêncio. Aquele discurso, em que ironicamente, mas sem papa na língua, se fazia um verdadeiro libelo de acusação aos membros do Provisório local, era também o porta-voz das angústias de todos os corações. E, quando o fogoso tribuno compreendeu ter por si a grande onda popular e que, pela palavra, dominara aquela avalanche de seres e pensantes, perorou resolutamente:

— Concidadãos! Esta forma de governo, que ora nos felicita, de República apenas tem o rótulo! A República, como deve ser, ainda não a temos, pois os bolos estão chovendo nos postos policiais, e cidadãos livres, como somos nós, os brasileiros, assistimos numa capital de antiga província, que sempre primou pela altivez e independência, ao degradante espetáculo de ver os nossos irmãos com as cabeças raspadas à navalha, por fúteis delitos, e a um simples aceno dum senhor Queirós, desbrioso da sua farda! Abaixo, pois, os tiranos! Viva a *futura* República!

A grandiosa assistência avermelhou as mãos e enrouqueceu-se, tão estrepitosos foram os aplausos, por palmas e hurras, com que ela abafou as últimas palavras do corajoso e vibrante orador republicano.

E a sessão magna findava por uma apoteose à República, na qual a irradiação dos fogos cambiantes, em variegadas cores, vinha aureolar mais ainda a cabeça do fulgurante dissecador dos desmandos dos nobres pró-homens da governança provisória.

O Fabrício, ao deixar a tribuna, erguida ao lado do palco do S. Luís, avaliava a profunda impressão produzida pelo seu vibrante discurso no espírito público, mas não supunha e nem calculava o ódio que ele havia causado aos mandantes da sua terra natal. Por isso, não foi sem grande estranheza que, ao aproximar-se da casa de sua morada, se lhe deparou, formado à porta, um pelotão de policiais, que lhe deram ordem de prisão.

E, sem que resistisse, deixou-se conduzir placidamente pela numerosa escolta à presença dos membros da Junta Governativa, cujos atos foram por ele, instantes antes, criticados com acrimônia irrefutável.

O seu semblante, naquele momento, estava revestido da mais dolorosa impressão. Desditoso contraste! Uma hora antes, quando muito, recebia ele as unânimes aclamações dum povo, por intermédio dos representantes de todas as classes sociais, e encontrava-se radiante de glória, enlevado, satisfeitíssimo, por haver advogado calorosamente a causa desse mesmo povo, conspurcado nos seus direitos, os mais sagrados. Agora, ali no palacete, onde se tinham reunido os governantes, estava ele como diante dum tribunal, inquisitorial. Atiravam-lhe toda a sorte de impropérios, insultavam-no, baixa e torpemente; e, ele, impotente para se defender diante aqueles espíritos neronianos, quedava-se submisso à resignação de tudo ouvir. Por fim, ainda ele tentou justificar-se, dizendo timidamente:

— Eu pensava que a liberdade franca da palavra me seria mantida, como cidadão que sou...

— E *tu* ousas, porventura, falar em pensamento e liberdade?! atalhou-o, encolerizado, um dos do Provisório, que assumira a posição de inquiridor.

— Pensar!... Liberdade!... Se me definires estes dois vocábulos, prosseguia o interlocutor, deixar-te-ei ir em paz!

Mas o democrático operário resolvera de si para si nem mais um murmúrio deixar cair em sua defesa.

Então, o verberante, tomado dum tom impetuoso e forte para com o detido, fraco e indefeso, atirou-se à ameaça, num flamejamento de doutrina diante os seus colegas da Junta e do oficial comandante da escolta.

— Resolveste, então, avocar à tua mui insignificante pessoa um suposto direito de açular os teus parceiros contra as instituições vigentes, empregando, para isso, a astúcia de decorar trechos de Castelar, José Bonifácio, Nabuco e mesmo meu, esmiuçar analectos, para acompanhar os oradores hodiernos na ênfase, como na doutrina?! Pois fica sabendo que a Junta vai considerar-te bêbedo; e, como tal, irás para a Cadeia pública!

O ditador, naquela sanha iníqua, com convicção de apóstolo, estava quase só na verberação, que os seus colegas da governança se acolhiam a um alheamento pasmoso, sem a menor ideia nítida do momento. Apenas um, o tenente Calígula, era quem se destacava daquela maioria muda e inerte, para vir em apoio às descomposturas de que tornaram alvo o Fabrício. Esse único apoiante passeava por toda a sala, cheio de orgulho e muita empáfia, pavoneando-se em fingir indignação para com o preso indefeso. E o invectivador, numa eloquência de profeta, concluiu a sua derrama de ameaças ao discursador homenageado da multidão, dizendo-lhe:

— Segue para a Cadeia! E, ao menor movimento da turba, serás deportado para as inóspitas praias do... Rio Grande do Norte!

Num assomo de imitação às apóstrofes, o tenente Calígula exclamou, apontando para o paciente:

— Eu cá, na minha opinião, achava que o fuzilamento resolveria mais enérgica e sumariamente a punição deste arrojado perturbador da ordem pública!...

O Fabrício, deixando aquela espécie de pretório inquisitorial, seguiu caminho da detenção, com ordem da mais absoluta incomunicabilidade. Era mais um preso político, outra figura ainda que se mandava isolar do contato com as camadas inferiores, em cujo seio a paciência em suportar os desmandos governamentais já se esgotava.

Todo o povo se regozijava agora com a notícia da nomeação de um governador, mandado do Rio de Janeiro, e estava na resolução firme de atirar-se à reação ao despotismo com que o vinham infelicitando os dirigentes. Ao demais, propalava-se insistentemente que uma canhoneira, a *Traripe*, ancorada no porto de S. Luís, ficaria adstrita à mais completa neutralidade, ante qualquer pronunciamento, partido do elemento popular, por isso que o comandante da pequena nave da armada nacional não comungava com os desregramentos que lavravam em terra. Na capital da República, eram com veemência profligados os despautérios dos que, na ex-província imperial, dirigiam, sem parcimônia, a barca governamental.

Qualquer movimento reacionário, portanto, não importava de que classe partisse, teria os aplausos do povo, sôfrego de liberdade, e as forças de mar e terra reunidas seriam impotentes para contê-lo.

O Clube Artístico Abolicionista tivera o Fabrício por muito tempo como seu presidente, reeleito de contínuo pelo voto unânime dos seus consócios, e dispensava-lhe carinho e considerações, cuja valia iam pôr em prova, amparando certeiro, como se fora para toda a classe, o golpe de arbitrariedade perpetrado na pessoa do seu *factotum*. E a diretoria foi incorporada ter com o Governo, a pedir com empenho a soltura do seu antigo presidente, prevenir-lhe mesmo de que a represália se não faria esperar, no caso deles, os governantes, não acederem.

Ou fosse por temer o rebentar do *complot*, que se anunciava iminente, ou por haver sido deferido o solicitado pela diretoria do clube, ou ainda por confissão tácita de arrependimento da violência, o certo foi que, logo ao alvorecer do dia seguinte, emanava da Junta a ordem para ser posto em liberdade, incontinente, o extremoso presidente dos abolicionistas.

Centenas de pessoas, e de todas as posições sociais, se encaminhavam, em interminável romaria, para a casa da vítima, a levar-lhe, num abraço cheio de sinceridade, os protestos da mais franca e inquebrantável solidariedade com as sãs ideias eloquentemente expendidas pelo tribuno, restituído ao convívio da família e dos amigos. As simpatias populares, espontâneas e ardentes, para ele se volviam em um crescendo admirável.

E quando, dois dias depois, o Fabrício se fez visível na Usina, era de ver os seus cooperários em concerto harmoniosamente único, do mais veterano ao aprendiz recruta, correrem para ele, em penetrante e incomparável azáfama congratulatória. Era uma chuva de parabéns pelo seu flamejante discurso, a cujo estupendo sucesso a prisão iníqua nem de leve sequer conseguira ofuscar; ao contrário, enaltecera-o inda mais aos olhares dos seus concidadãos.

O Graciliano, quiçá um dos seus maiores admiradores incondicionais, classificou-o de "Grande mártir" e, numa insistência viva, pedia-lhe o original do resumo da vibrante peça, a fim de remetê-lo para a Corte (ele ainda se apegava à denominação antiga da capital brasileira) onde seria exibida, entrelinhadamente, na *Tribuna Liberal*. A Corte inteira, capitais e cidades, vilas e povoações, até mesmo o estrangeiro, isso ele o jurava, ficariam sabendo das horripilantes barbarias e das inqualificáveis violências de que estava a ser teatro a sua terra mui estremecida. E mudassem-lhe o nome de Graciliano, se não lhe fosse dado o sensacional prazer de vir o desumano delegado Queirós chamado à presença do ministro da Guerra; e quem poderia duvidar até se, pelo revés da sorte, não iria ele dar com os costados no presídio de Fernando de Noronha!

Mas o orador lisonjeado negava-se peremptoriamente em franquear ao prestante Graciliano as tiras em que ficaram esculpidas as ricas e preciosas frases, que constituíram o seu causticante discurso, e cuja fama ressoava pela cidade toda. Não, tivesse paciência o seu dedicado companheiro: não se poderia desfazer daqueles linguados de almaço; guardá-los-ia como relíquia de um valor inestimável, para atestar os pósteros o que de desditas havia pesado sobre o seu estremecido torrão natal, ao término do ano de 89.

E o Graciliano admirou mais ainda a nobreza d'alma do amigo. Acatando as justas considerações do "reivindicador da liberdade", abandonou o seu propósito. Entretanto, não ocultava o grande desgosto que lhe causava ter perdido o ensejo a si deparado tão propício de dar uma lavagem, verdadeira tunda de mestre, nos governantes, lá mesmo às barbas deodorinas.

Chegada que foi a vez do João Cadete estender a mão amiga ao cooperário de ideias diversas das suas, o modelador destacou-se bem do grupo e, em alta voz, impondo a sua pessoa aos olhares dos circunstantes, falou saboreando o seu prenúncio:

— Então, *seu* Fabrício, que lhe dizia eu?

— Muitas coisas, *seu* Cadete, boas e más... disse o inquirido, meio desalentado, e assim como que eximindo-se de entrar em delongas.

— Não, meu caro, nada de subterfúgios; fale verdade! Eu não lhe dizia que, quando por aqui chegasse a República, muita gente apanharia bolos e você iria à Cadeia?!

O Fabrício esboçando um sorriso amargo, confessou que, francamente, não se estava a praticar a República por ele sonhada...

V.
O NATAL DA LIBERDADE

Singrando os mares já se vinha das sulistas plagas o novo governador da gloriosa terra, onde todos o esperavam ardorosamente, de braços abertos, como o mensageiro da paz que se lhe fugira, como o regenerador das coisas sumidas no ondeamento das depredações.

Uma súbita situação toda de tréguas se formara agora, na expectativa, contando-se como vitorioso cada dia decorrido, e que aproximava mais e mais do da chegada do vapor em cujo bojo navegava, rumo do Norte, o novel Messias. Todos vislumbravam uma aurora de liberdade, de paz e de justiça.

Os governantes interinos ainda não tinham mãos nos desmandos, embora prosseguissem, através de bem matreiro coonestar, na prática de atos com que procurariam ante os olhos do dirigente esperado, justificar a sua evangelização dos princípios da democracia pura. Assim era que se decretava, entre outras resoluções, visivelmente salutares, o direito de reunião e crítica, com a livre expansão do pensamento e, logo depois, a proibição absoluta do trabalho aos domingos. E era ela feita com estes fundamentos:

> A Junta do Governo Provisório do Estado, atendendo a que é da essência do regime republicano o direito de reunião e da livre enunciação do pensamento, e a que a palavra e a imprensa livre são a garantia e, a mais sólida, das liberdades políticas, e que não se deve impor àquelas senão as limitações de direito e ordem pública; atendendo, finalmente, a que a liberdade de culto e religiões carece da maior expansão e resume em si uma das mais formais aspirações da República, resolve decretar o seguinte: — É garantido, neste Estado, o direito de reunião e nesta a livre enunciação do pensamento político ou religioso de cada um, sem outro limite senão a ordem e a moral pública.

A outra resolução, expedida oito dias após, escudava-se em considerandos de que: sendo legítima a pretensão das classes trabalhadoras de repousarem aos domingos; que tais dias são consagrados ao culto, ou ao descanso, em todos os países civilizados; e que, enfim, as antigas posturas municipais, e em especial a da capital, condenavam e puniam o trabalho que os patrões impunham aos seus prepostos e operários, — decretava a Junta: — É expressamente proibido o trabalho aos domingos, em todo o território do Estado.

A proibição, que abrangia todos os armazéns de comércio em grosso e a retalho, lojas, oficinas industriais e quitandas, penalizando com a multa de duzentos mil-réis, e mais quinze dias de prisão aos reincidentes, excetuava os hotéis, restaurantes, farmácias, padarias e açougues, os quais poderiam comerciar metade do dia.

O Provisório armava-se, assim, com o primeiro decreto, duma atenuante à arbitrária detenção do Fabrício, o da Usina, e com o segundo, evidenciava-se amorável protetor das classes laboriosas.

Dos próprios considerandos das duas resoluções se poderia inferir não ser outro o móbil que as sugeriram. Entretanto, o efeito era nulo, por isso que da liberdade de pensamento ninguém se atrevia a aproveitar-se, assim como do descanso obrigatório se originou balbúrdia tão emaranhada que, na sua aplicação, foram impotentes os fiscais do município, que deixaram, logo às primeiras horas do dia, transparecer a sua ineficácia.

No prosseguimento ininterrupto do desvairamento, a que se entregava, o Provisório não se comedia em desatinos quotidianos.

Quando do Tesouro se lhe mostraram vazias, atingidas por um entisicamento irremediável, as burras das verbas orçamentárias, a que o *deficit* vinha do regime extinto amontoando apavoradamente, os governantes, logo e sem mais preâmbulos, concluíram que, se a República adotara a forma federativa, claro estava cumprir à Tesouraria de Fazenda auxiliar de pronto os cofres da antiga província, cujo numerário se esgotara de todo.

E logo os dirigentes caíram a fazer, por conta própria, nomeações e promoções no quadro do pessoal de Fazenda, depressa anuladas pelo centro, que a elas não anuía. Vencido o primeiro mês de governança, indagaram eles sofregamente do Governo federal a quanto montavam os honorários, que estavam percebendo pelo desempenho da sua espinhosa missão. O consultado respondeu, sem demora; e disse-lhes estar na presunção de que o patriotismo dos pró-homens da Junta iria até ao ponto de nada perceberem pelo provisório encargo, por tão meritória tarefa em prol do regime nascituro; mas, uma vez que lhe era impossível impor o patriotismo, respondia-lhes, em conclusão, que os consultantes teriam direito aos mesmos honorários dos presidentes da extinta província. Excetuando três, que se arraigaram ao patriotismo, em cuja fibra tocara a resposta do Governo central, os demais componentes da Junta reclamaram da Tesouraria a paga dos seus honorários vencidos. A repartição de Fazenda ainda vacilou sobre o *quantum* a pagar. Ordenaram-lhe logo, porém, que nesse pagamento deveria ser computado cada membro do Provisório como se um presidente fora. A inspetoria, cumprindo as ordens oriundas do Palácio da administração pública, acedeu ao pagamento reclamado, mas não esteve pelos autos em arcar com a responsabilidade, e sujeitou o caso à aprovação de repartição superior, na capital federal. Desta, imediatamente lhe fizeram sentir ser impossível aprovar-se o ato: o honorário, elucidava a repartição consultada, era fixado numa quantia única para todos e não para cada um de per si e, por isso, se deveria incontinente recolher aos cofres federais a cobreira mui indevidamente embolsada.

A inesperada comunicação, feita pela Tesouraria, do determinado pela repartição de superioridade hierárquica, produziu estupendo abalo na governança estadual, cujos membros, que se consideravam regiamente pagos, tiveram de cair em intensa dobadoura para o reembolso do que haviam recebido a mais, ao mesmo tempo que ouviam o cantar sonoro do galo de outro poleiro, que bem mais alto se levantava, passando-lhe uma censura enluvada em pelica, mas bastante certeira e compreensível.

Então um paliativo aparentemente se pôs em prática. O dr. João Eduardo deixou o quartel, por ordem superior. Era, afinal, posto em liberdade, ileso, malgrado as torturas que de quotidiano lhe levava à alma o major Honorato Clemente, que fiscalizava o batalhão guardador do ex-parlamentar e acatado professor. Da Cadeia pública saíram logo Joaquim Alberto e o Apolônio Gaudêncio, que eram restituídos ao trabalho da Usina do Raposo, cessando, por isso, a sua posição de reféns, duramente amargada durante tão excessivo número de dias.

Estavam os presos políticos reintegrados em sua liberdade plena.

Subtraíam-se, assim, os governantes, intencionalmente, às alusões picantes de demolidores dos adversários; escapavam-se eles sorrateiramente às crudelíssimas alfinetadas da maledicência pública.

Era agora um vivo aparentar de garantias de direitos, irmãmente distribuídos. Entretanto, a populaça que, em dado momento, vibrava intensa, sob a pressão de ameaça da guerra civil, via que o perigo da refrega amainava.

A cidade toda amanhecera lindamente engalanada, para receber o seu novo governador. Era ele natural do próprio estado a que vinha administrar, embora dele ausente desde criança. Vinha pelos serviços inestimáveis da propaganda republicana, como fiel delegado dos poderes federais, por quem eram já de sobejo conhecidos os despautérios praticados pela Junta local.

Os jornais, emudecidos, privados de verberar os atos ditatoriais, que se punham em prática, havia já um mês, tinham, na véspera, por combinação tácita para uma ação conjunta, rompido o seu mutismo e procedido a uma dissecação vigorosa dos decretos e mais resoluções com que aos dirigentes aprouvera infelicitar a terra. E, então, deitavam a boca pelo mundo, narrando que as doutrinas democráticas se vinham falseando, e era à "debacle", à ruína máxima que se conduzia a terra ateniense. O regime nela se havia implantado oriundo do terror, traspassado de ódios inclementes.

Confraternizando com a populaça, que em peso acorria à rampa, na qual deveria desembarcar o itinerante, formava a tropa, no seu uniforme de gala, luzidio. Delegações de todas as classes sociais compareciam radiantes a receber o novo administrador. Este, trazido de bordo do paquete por uma flotilha de escaleres, bandeiras tremulantes, saltava na mesma rampa por entre estrepitosos hurras e ao som da Marselhesa. Milhares de pétalas de finíssimas rosas, desfolhadas por delicadas mãos infantis, se foram juncar, no seu aroma penetrante, aos pés do mensageiro da paz, daquele em que se adivinhava o refreador dos doutrinamentos e práticas grandemente deturpados.

As ovações, de imponentes e sinceríssimas, eram como o feliz pródromo de uma era toda de harmonia e de confiança recíproca...

O governante, que pisava o solo onde lhe ficara o umbigo, deixava perceber, no seu semblante sereno, do qual ressaltava um largo gesto de nítida consciência cívica, entre a viva comunicação da sua alma com a dos seus conterrâneos, que, daquela hora em diante, se separariam do constrangimento em que se encontravam imersos, para terem noção mais vívida e pura da Democracia, para entrarem na percepção clarividente dos insofismáveis princípios da liberdade, no seu verdadeiro e nobilíssimo sentido. Na sua fisionomia espelhava-se que ele bem compreendia a ânsia de paz e tranquilidade, manifestada em toda a ex-província, através desse nobre e edificante gesto com que se o recebia.

O Provisório lhe preparara um opíparo almoço, no qual cada prato, pelo exorbitante custo, dir-se-ia de oiro. Ao *toast* trocaram-se os brindes estilares, repassados de certa frieza, o que bem denotava apreensão de ambos os lados, tanto do dos que arriavam o bastão, como pelo do delegado do Centro, que aportava ao estado, por entre aclamações festivas unânimes de um povo sedento de liberdade, ávido de quem melhor lhe dirigisse os destinos, distribuindo imparcialmente a justiça e provesse, sem predileções molestáveis, o bem-estar da comunidade.

Nesse dia, em que todos procuravam exteriorizar retumbantemente o seu júbilo, fazia precisamente um mês da adesão à proclamação do sistema republicano.

O *Diário*, falando com o direito facultado pela sua invejável posição de decano, sempre cioso da sua atitude neutral na imprensa indígena, saudava o governador empossado, em extenso e bem convincente editorial, que assim concluía:

A imprensa no Maranhão, retraída até há pouco, por uma bem aconselhada prudência, mostra-se confiante agora. E o *Diário* estará sempre pronto a auxiliar os governos deste estado, falando-lhes a linguagem franca e verdadeira, aquela que nos impõem a neutralidade, imparcialidade e isenção com que ora nos pronunciamos, desejando ao governo que começa um brilhante resultado, e que todos os seus atos sirvam para ilustrar as novas páginas da história maranhense.

Era por tal modo que falava o decano ao novo chefe do estado, na tarde desse dia em que ele desembarcava na terra natal e assumia a sua administração.

O editorial em que o veterano da imprensa amordaçada verberava os atos da governança provisória e recebia o seu sucessor, entre ramos e palmas, era transcrito em *A Civilização*, o semanário oficial da diocese, editado em prelo próprio, no Seminário de Santo Antônio. Na transcrição, a folha católica comentava com veemência e acrimônia a situação finda, deixando transparecer na sua linguagem, comedida mas enérgica, continuar ela ante a ameaça de novas dissensões religiosas, e tão grandemente profundas quanto as políticas.

Mas as novas páginas da história, a que se referira o veterano da imprensa local, iam efetivamente surgir, porque o governador empossado de recente apenas aguardava o outro dia para, indene das perturbações causadas pela penosa viagem, entrar no conhecimento pleníssimo dos desmandos e prover, pelo menos do efeito moral, o seu término inadiável.

E, com efeito, no dia subsequente ao da sua chegada, ele sentava-se à "mesa de ferradura", já de resolução engatilhada, predisposto a correr a esponja apagadora no que não se lhe deparasse irremediavelmente perdido ou consumado. Esperava somente desse entrada em Palácio o dr. Pedro Belarte, a quem convidara para uma conferência. O festejado tribuno e chefe republicano não se fez demorar; acedeu de boamente ao gentil convite do seu patrício e sucessor na administração do estado.

Então, passou o novel dirigente a desenrolar, diante a principal figura da extinta Junta Governativa, o interminável rosário de queixas, verbais e escritas que, desde a capital do país, ele vinha recebendo dos desmandos que anarquizaram o Estado, ora sob a sua gerência, além de que um estudo, embora perfuntório, por ele feito, dos atos emanados dos seus antecessores, o havia inteirado já da procedência das acusações e dos protestos incontáveis, todos muito verídicos.

Na sua exprobração virulenta e no transparecer da surpresa que lhe causavam tamanhos despautérios, o governador cruzava os braços, confessando-se quase impotente para assumir a responsabilidade e sair-se daquela situação melindrosa em que se encontrava. E, empolgado deveras pelo cipoal em que se emaranhara, sentia, por vezes, fugir-lhe a luz do raciocínio. Por fim, depois de muito censurar, falou resolutamente ao dr. Belarte, afirmando-lhe não carecer de mais tempo para reconhecer, sem laborar em engano, achar-se na presença dum homem cujo talento não se poderia nunca pôr em dúvida. — Era bem verdade, considerava, que a sua opinião não poderia prevalecer numa comissão de sete; porém era também inconteste que o seu saber jurídico, aliado à acatável opinião de chefe do republicanismo proclamado, seriam pelo menos forças atenuadoras de tantos dislates.

O notável causídico, nimiamente lisonjeado como exceção entre os pró-homens seus colegas de governança, defendia-se das increpações dizendo:

— Que queria o doutor, se eu me encontrava entre a espada e a ignorância?! O meu papel, concluía, limitava-se a salvar a gramática, redigindo os decretos e as resoluções...

Nunca se protestou, em letra de fôrma, não haver sido da lavra do próprio chefe republicano exprobrado a redação da minuta do primeiro decreto do novo administrador, decreto que resolvia a situação embaraçosa, e era concebido nestes termos:

São declarados sem nenhum efeito todos os atos da extinta Junta do Governo Provisório, e que não tenham o caráter de meros atos de expediente; os funcionários dispensados do exercício de seus cargos poderão a eles voltar, dentro do prazo de três dias, contados da data em que tiverem conhecimento do presente decreto, pela sua publicação no jornal oficial, — revogadas as disposições em contrário.

Para entrar em ação franca o governante estadual não pudera prescindir do concurso do ardoroso tribuno, o qual, entregando o pescoço ao cutelo, se reabilitava perante a opinião de todos os seus conterrâneos, penitenciando-se, embora alheasse de si a coparticipação nos rasgos ditatoriais da Junta de que fora ele incontestavelmente a principal cabeça pensante.

O desmoronar dos atos do Provisório ecoara por toda a cidade como sendo a resolução iniciadora duma nova era de comedimentos, por todos ansiosamente esperada.

No mesmo dia, publicava-se o segundo decreto do Governo regenerador, pelo qual se dissolvia a Câmara do município da capital e se criava uma Junta especial para gerir os negócios e interesses da comuna. Para ela foram logo nomeados cinco cidadãos: o dr. Pedro Belarte, com a incumbência de presidir a todos os trabalhos e reuniões, os três chefes dos partidos monárquicos com ideias e princípios homogêneos e coesos, agora em dissolução, e o Carlos Medrado, o velho poeta republicano.

Impressionava mui agradavelmente esse outro decreto, pelo qual se provinha a confraternização da família partidária, entregando-se a ingerência da comuna aos seus chefes principais e mais ao moderado propagandista Medrado.

Esse vulto bastante saliente da propaganda nenhum encargo quisera aceitar do Governo republicano antecessor, pois que se não coadunara com os desmandos, havendo tido hombridade e lisura para censurá-los acremente. Possuindo, nos seus anos, bastante experiência e conhecimento pleno dos homens e das coisas, para se não deixar embarcar em frota sem bandeira, preferira, até então, ficar meio esquecido em vida, levando a doce existência apegado a um ostracismo voluntário. Embora o seu traje rigoroso, adequado à fisionomia alegre e insinuante, destoasse do das notabilidades que enchiam as ruas de pernas, o Carlos Medrado, sempre retraído, obstinando-se em dar sanção aos dislates, preferira aguardar os acontecimentos.

O ardoroso poeta era, naquela idade já avançada, ainda o mesmo *gentleman* de ideias embaídas duma democracia puríssima.

Enamorara-se todo, na sua mocidade, dos homens e coisas das duas Américas, a dos espanhóis e a dos saxônios, e tinha um culto fervoroso pelos helenos e outros povos da Antiguidade. Dispondo de vastíssimo cabedal de erudição, falando uns seis idiomas vivos com indizível primor, além do grego e do latim, a si bem familiares, era a palavra nos seus lábios sazonada de chistes com sabor mui picante e admiravelmente tino.

Carlos Medrado, no seu poema forte e excelsamente grandioso, máxime na contextura da ideia, tem nos lindos versos homéricos, verdadeiros hinos entoados às regiões dos incas e dos astecas, às magnificências dos países dos Andes, na sua civilização invejável; evocações luminosíssimas às características das raças povoadoras do continente colombiano, num elevado simbolizar da riqueza exuberante da flora e da fauna da América meridional. O espírito do civismo, a energia e o otimismo, principais marcos de norteamento dos povos do Novo Mundo, tudo se reflete em estudo profundo, acurado, nesse O *Alá errante*, todo ungido de arte, erudição e... amor.

As ideias do autor pela prática da democracia pura, em princípios até então irrealizados pela comuna, iam ser a bandeira que o novo edil arvoraria ao lado do chefe republicano e dos chefes dos partidos que se digladiaram, sem tréguas, durante a monarquia derruída. Propagá-las entre os seus colegas não lhe seria preciso despender extensos considerandos, por uma exposição de grande clareza e entusiasmo, para torná-los convincentes no seu aceite sem relutância.

E fora esse o seu belo programa, quando se efetuou a sessão inaugural dos intendentes sucedâneos da vereação dissolvida. Ele queria pôr logo em prática, sem esmorecimentos injustificáveis, como a mais proveitosa, a mais arrojada mostra de lição cívica: os serviços de instrução primária disseminados pelas ínfimas camadas sociais, a inspeção do trabalho com garantias mútuas ao operário e ao patrão, e o alargamento do conceito administrativo, partindo da comuna, sem quebra de autonomia, para o estado, integrando-o na função, compreendendo-se nisso a mais ampla ingerência social, ou antes uma ação certamente mais vasta da sociedade sobre o indivíduo.

Era o municipalismo amplamente desenvolvido nas suas atribuições, a auxiliar poderosa e eficazmente a governança regeneradora do estado, a nova administração em que se concentravam todas as energias. E as invectivas reformistas do Medrado iam até a criação da "Atlântida", a escola universitária para a prática dos novos métodos da cultura intelectual.

Sob a presidência do dr. Belarte, restituído ileso ao pontificado, como à disseminação dos sãos princípios democráticos, a Câmara entrava a evangelizar com acendrado patriotismo, procurando evidenciar aos olhares dos seus munícipes as grandezas múltiplas do regime inaugurado, havia mais de mês. Criavam-se, nos principais bairros da cidade, escolas mistas de funcionamento diurno e provia-se o aumento das aulas noturnas.

Em memorável sessão do conselho dos edis, Carlos Medrado, em conscencioso desempenho de sua função, e evidenciando aos seus pares estar convicto de que o mal, em todo o grau e em qualquer sentido, residia na ignorância, a qual era preciso a todo o transe combater, justificara, escudado em valiosos argumentos, o seu voto contra a proposta, em discussão, mandando se aplicasse às despesas com o serviço da limpeza pública o saldo de várias verbas orçamentárias existente no caixa da comuna.

— A essas verbas, argumentava, que melhor aplicação se poderia dar, além da instalação das escolas mistas municipais, pelos diversos bairros, pois que o defeito da educação na massa popular se explicava pela insuficiência da Escola? É necessário se tornava que os fundadores da República bem compreendessem a necessidade do desenvolvimento da instrução, de forma a corresponder ao progresso social resultante da transformação do regime.

Sacrificava-se a tradição para substituir, nas ruas e praças, as denominações de remotas eras por outras em que o sentimento cívico despertasse interessadamente. Assim, tinham-se agora as praças de Washington e Deodoro, Tiradentes e Bolívar, da Justiça e do Progresso, Treze de Maio e da República; e o Cais, cujo início fora na época da sagração do último imperante, era crismado de — Parque Quinze de Novembro.

Tamanho afã na rápida mutação dos nomes por que de princípio se batizaram ruas e praças da cidade banhada pelos rios Anil e Bacanga, repercutiu entusiasticamente na administração do estado, que anulava o batismo da altiva vila sertaneja Imperatriz, sujeitando-a a novas águas lustrais, bem solenes, de que lhe resultava a denominação de Benjamin Constant, homenagem da "alma maranhense ao fundador da República".

O governador, que fazia agora convergir toda a sua energia, para a reconstrução empenhada do que na avalanche não se derruíra de todo, tinha como seu braço forte, embora em esfera diversa, o quinteto de intendentes. E ambos os executivos, o municipal e o estadual, porfiavam no apregoamento, por atos e palavras, das virtudes e grandezas democráticas.

Como medida moralizadora social decretava-se a extinção das loterias de qualquer espécie, proibindo-se a venda de bilhetes, até de outros estados ou do estrangeiro, e escudando-se a resolução em que "as loterias constituíam uma instituição imoral, visto repousarem em jogo ilícito, e no qual o dono ou o empreiteiro nenhum capital arriscava, formando-o simplesmente com os dinheiros pertencentes àqueles que concorrem, pela compra dos bilhetes". E mais ainda considerava o decreto, para a sua promulgação: que as loterias representavam um tributo pesado, onerador quase exclusivamente da miséria aventurosa, a distrair de emprego útil grande soma de capital, não podendo o estado, por isso "tolerar por mais tempo em seu seio essa verdadeira chaga, erigida, em algumas das antigas províncias, em fonte de renda ordinária".

Nenhuma dúvida, pois, restava de que se provinha a redenção dos costumes... Para que bem alto se inscrevesse a regeneração do novo estado, e se pudesse assinalar a sua autonomia, no seio da federação nacional, era mister ele adotasse uma bandeira. E, no símbolo da afirmação política estadual, atendia-se, pelas cores, às três diferentes raças que se fundiam e fraternizavam na prossecução dum destino idêntico e comum.

A bandeira, cujo desenho tivera a paternidade dum inteligente funcionário de Fazenda, e vinha em modelo anexo ao decreto que a instituía, compunha-se de nove listras em sentido horizontal, intercaladas, quatro brancas, três encarnadas e duas pretas, com um quadrado superior, unido à lança, e tendo, ao centro, uma estrela branca, ocupando o quadrado uma terça parte do comprimento da bandeira e a metade da sua largura.

Com o símbolo decretado entrava-se, afincadamente, a alicerçar o novo estado federativo, reavendo-se para ele, por um propósito indene de atropelos e de perturbação, a primazia na consolidação do regime, invocando-se para o conseguir com presteza, o batismo de sangue a quando se proclamou o adesionismo da ex-província nortista. O novo pavilhão surgia enastrado de flores triunfais, visando missão toda de paz e de fraternidade amorosas, e insinuando-se nas suas fascinantes cores, um acariciamento terno e grato de sentimentalidade popular.

A véspera de Natal havia sido marcada preferentemente para o restabelecimento, na Aurora, da reunião dos palradores da antiga roda. E pela volta ao rebanho das fiéis ovelhas aurorais, uma ceia lauta, uma meia-noite opípara, com todos os requintes da culinária indígena, se preparara para festejar ruidosamente o "levantamento do cerco", o desapego do retraimento a que os frequentadores da formosa quinta tinham sido impelidos pelas atemorizadoras façanhas de desabusado delegado policial, o Queirós.

Os sinos duma igreja matriz, os de outras e, afinal, os de todas elas tocavam alegres, uníssonos na harmoniosa vibração brônzea e disputando a honra de cantar cada qual mais alto a glória ao Senhor.

De todos os recantos citadinos, até então imersos na doçura e paz, num resfolegar de agruras e provações, o conclamar tornava-se mais intenso, e as portas das casas, abertas de par em par, mostravam o seu interior todo cheio de luzes e flores. A populaça seguia a apinhar as igrejas, chamadas pelo repinicar festeiro e anunciador da missa do galo.

Ao mesmo tempo, na aprazível vivenda, feericamente iluminada a tigelinhas, a balões venezianos e japoneses, tilintavam pratos e talheres. Era a ceata celebradora da bendita volta do regime normal.

Chegara já a ocasião dos brindes.

Num arremesso expansivo, era o acadêmico Jovino quem, a pedido do proprietário da chácara, oferecia a festa; e concluía a sua alocução dizendo folgar imenso em aproveitar-se de tão propício ensejo para comunicar aos amigos, ali prazenteiramente reunidos, a sua nomeação para promotor de justiça em

Iguará, comarca que o novo governador lhe oferecera para nela se estrear. Presto movimento de entusiástica acolhida à notícia da nomeação e retinente entrechocar de copos e taças.

Tocava, então, a vez ao Landerico Antunes de fazer a sua saúde. O mecânico enalteceu a estima fraternal que todos votavam ao Marçal Pedreira, exuberantemente provada ao término daqueles trinta e tantos dias de terror, sem de leve sequer arrefecer, afirmando-se inabalável e sincera. Em nome de todos esses amigos de todos os tempos, verdadeiras ovelhas tornadas ao aprisco, oferecia ao magnânimo amigo, ao filantropo, ao brioso oficial fardado da milícia garantidora suprema da integridade do torrão pátrio idolatrado, uma lembrança simples, mas ungida de grandiosidade, pelo sentimento sinceríssimo que a inspirara.

Toda a nobre face do Marçal desenhou, então, um claro gesto de interesse e prazer ante a oferta anunciada assim tão solenemente.

Exibindo-a, como reponso final, o mecânico suspendeu às mãos ambas, pelas extremidades, uma placa de bronze, com letras embutidas a massa envernizada, e na qual se lia:

A NOVA AURORA

Destinava-se a lâmina metálica a substituir a antiga denominação da quinta, almejo que, desde a restauração da normalidade, vinha atenazando o espírito marçalino e, agora, pela voz, providencial do Landerico, era acariciado e posto em prática.

O dono da oferenda, com os olhos a sorrirem de doce contentamento, correu para o mecânico, a estreitá-lo apertadamente num fervoroso abraço fraternal. E, mimoseando a espelhante fita de bronze, não se conteve em pronunciar as palavras patrióticas que, no momento, lhe acudiram:

— Ó noite santa, bendizia, de santo Nascimento, graças ao Senhor que via a sua terra sair ilesa, tendo ciosamente amparadas, em todas as suas linhas, as tradições de polidez, de elegância e (por que não?) o senso comercial dos nossos maiores!

Por entre estrepitosos hurras e palmas, a brônzea placa instalava-se no local onde, havia dezenas de anos, perdurava a tabuleta de bacuri, com a inscrição carcomida pela ação destruidora dos tempos.

E ali ficava, assinalando aos transeuntes a prosperidade incessante do penúltimo descendente dos Pedreiras.

O alvorecer do dia de Natal veio encontrar dançando e cantando a cidade em peso, partindo de todos os habitantes, com alarido, a exteriorização de seu júbilo. Consolador alvorecer! A aurora já aparecia no oriente e os sinos ainda cantavam sonoros, numa alegria infindável, chamando às missas paroquiais.

No mastro, por sobre o portão principal da entrada da chácara, no jardim, tremulava toda triunfante, desde a véspera, a bandeira quadricolor do estado.

Num divino clarão purificador das almas do ilustre e expansivo Marçal, e de todos os seus alegres companheiros de pândega e de infortúnio, a luz da nova aurora penetrava grandiosa e límpida naquele ambiente saturado todo da santidade do Natal.

E, como eles, o povo era feliz, era glorioso nesse abraçar ardente a que se entregava, num estremecimento incontido de fraternidade e paz, que os sinos bem celebravam porfiada e solenemente.

S. Luís, nov.-1912.

POSFÁCIO

A República em branco e negro

Matheus Gato

Uma história política marcada pelo imaginário da raça é, antes de mais nada, uma história feita de silêncios, datas rasuradas, registros incompletos, apagamentos e cesuras que constituem a luta simbólica pelas formas de imaginar uma comunidade e estabelecer a sua memória coletiva. A narrativa oficial sobre a Proclamação da República no Brasil em 15 de novembro de 1889, em particular, a maneira como a participação ou não da gente comum é retratada, e a insistência em apresentar cidades como Rio de Janeiro e São Paulo qual metáforas explicativas do que se passou em todo o país muito nos têm ensinado a esquecer. Uma das imagens mais recorrentes acerca da instauração do regime republicano entre nós é aquela do povo bestializado, apático, sem tomar posição alguma ante o golpe de Estado que encerrou o longo reinado de d. Pedro II. Se por um lado tal imagem denuncia o teor palaciano, antidemocrático, com que as elites nacionais tradicionalmente conduzem as reformas políticas, por outro reforça a tosca retórica sobre a ausência, entre os brasileiros, de virtudes cívicas e morais que se esperam de um povo civilizado.

A novela *A nova aurora* de Astolfo Marques foi escrita na contramão desse persistente senso comum erudito. O livro narra como o novo regime foi interpretado pela gente pobre e negra na cidade de São Luís do Maranhão, dedicando-se aos acontecimentos que marcaram as semanas iniciais do governo republicano entre os dias 18 de novembro e 17 de dezembro de 1889, quando a primeira junta provisória foi destituída. A matéria da narrativa consiste precisamente nesses 29 dias caracterizados por prisões arbitrárias seguidas de decretos de deportação e fuzilamento, perseguição e tortura de populares, assalto aos cofres públicos e corrupção administrativa. Em sua *História do Maranhão*, Barbosa de Godóis (1860-1923) descreve em tintas indignadas a ação da Junta Republicana:

> Trêfega e irrequieta, longe de consagrar os ânimos, para que todos cooperassem no regime que se inaugurava, procedeu com exclusões, numa terra em que não passavam uma meia dúzia os republicanos históricos e procurou aproveitar-se da eventualidade que lhe pusera o governo nas mãos, para atirar-se à faina de formar elementos políticos que servissem

aos planos de domínio de um só dos seus membros, que tinha pretensão a chefe do partido.

Acorde com esse pensamento, a polícia cometida na própria capital a pessoas as menos idôneas para exercerem-na, por conhecida falta de critério, tratou aí mesmo de se impor pelo medo, efetuando prisões a torto e a direito, castigando com palmatoadas as pessoas do povo dum e outro sexo e raspando-lhe a navalha as sobrancelhas e metade do cabelo na cabeça.

Ninguém se reputava seguro numa tal emergência, em que a liberdade individual estava em perigo permanente.

Não houve escala de violência que a junta, não tocasse, chegando até a tentar deportações e fuzilamentos e isto sem que houvesse o menor indício que fosse de resistência à nascente forma de governo.[1]

O relato do terceiro vice-governador do Maranhão republicano demonstra que, mesmo entre a elite dirigente, o Governo Provisório foi vivenciado como período de grande instabilidade política. O recurso abusivo da violência policial, prisões e torturas criaram um clima de pavor e de ameaça à liberdade individual. O medo era o principal auxílio da ordem. Decretos de fuzilamento e deportação foram expedidos com o fito de intimidar a ação populista dos monarquistas. Nem sequer as mulheres escapavam das agressões, justificadas como medidas necessárias à preservação do novo regime. Entretanto, para o historiador Godóis, mesmo não havendo um clima pró-republicano na véspera, as arbitrariedades eram fruto exclusivo da "faina de formar elementos políticos que servissem aos planos de domínio de um só dos seus membros, que tinha pretensão a chefe do partido".

Com olhar detido nesse contexto, Astolfo Marques oferece uma descrição minuciosa sobre o modo como as camadas populares viveram a chegada dos "tempos modernos", naquele período de violência e pânico. É significativo que o ponto alto da narrativa seja o relato minucioso do chamado Massacre de 17 de Novembro. Naquele dia, uma grande multidão, de cerca de 2 a 3 mil pessoas, descritas como "libertos", "homens de cor", "cidadãos do Treze de Maio" e "ex-escravos", saiu às ruas numa passeata em protesto contra as notícias sobre a Proclamação da República. Na visão dessa gente, a mudança de governo vinha para restaurar a escravidão no país. Os manifestantes percorreram o centro da cidade, dirigindo-se ao edifício do jornal republicano O *Globo*, que havia marcado uma conferência para o fim da tarde. Uma tropa de linha formada por doze soldados fortemente armados de fuzil foi destacada para proteger a sede do periódico, mas isso não intimidou os manifestantes, que ameaçavam atacar os seus dirigentes.[2] O pelotão realizou uma descarga de fuzil contra a multidão, deixando, segundo números oficiais, quatro mortos e vários feridos. Astolfo Marques fez desse confronto, da sensação indizível do medo da escravidão, um ponto de partida para escrever e refletir sobre os sentidos da modernidade no Brasil.

A violência daqueles dias também revelava os desafios para conjugar subjetivamente identidades inacabadas como ser negro, republicano e intelectual nos anos tensos do pós-abolição. Um aspecto que chama a atenção do leitor logo nas primeiras folhas de *A nova aurora* são suas dedicatórias. Numa página temos: "À memória aos republicanos históricos no movimento adesionista do Maranhão à proclamação da República: Paula Duarte, Sousândrade, Isaac Martins e Sátiro Farias". Na página seguinte lê-se: "Homenagem à memória dos populares que tombaram mortos, em defesa da causa monárquica". Duas alusões que soam contraditórias. De um lado os republicanos históricos maranhenses, do outro os ex-escravos que morreram num violento protesto contra o Quinze de Novembro. O escritor Josué Montello, certa vez, arriscou uma explicação:

> As duas homenagens não se contradizem, ao contrário do que, à primeira vista, se há de presumir. Astolfo Marques, contemporâneo da Proclamação da República, ajudara a consolidar o novo regime. Daí a homenagem aos próceres do movimento republicano, em sua terra natal. Mas, por outro lado, testemunhara uma cena única em sua terra natal: vira os negros libertos a 13 de maio descerem as ladeiras da cidade, armados de pedras

e pedaços de pau, para empastelarem o jornal que anunciava a Proclamação da República. E alguns morreram, repelidos pelas balas da força policial, nesse impulso heroico de reconhecimento e gratidão. Daí a homenagem de Astolfo Marques.[3]

Se não há contradição, existe, contudo, a ambivalência. As dedicatórias como que formalizam a cesura racial inscrita na memória histórica da República. Numa página, tributa-se a novela à singularidade de quatro homens ex-senhores de escravos, políticos e intelectuais que durante cerca de uma década deblateraram por uma das palavras de ordem da modernidade. Na outra, uma gente negra que morrera lutando contra as incertezas do pós-abolição, por não saber até que ponto o alardeado progresso não lhe custaria a perda da liberdade. De um lado, a camada intelectual que Marques tanto admirava, tendo lutado para se ver como um dos seus. Do outro, o povo humilde do qual era originário o autor, sujeito e personagem principal do seu trabalho ficcional. No centro, um pensamento cindido entre a realidade crua do autoritarismo republicano nos seus primeiros dias — a memória dos negros assassinados pelo Exército, trabalhadores presos e torturados, o silêncio noturno dos toques de recolher, a impunidade orientada pela política — e a esperança de que um novo mundo sem senhores nem escravos, de cidadãos livres e iguais surgia imersa naquelas tristezas de novembro.

Com efeito, o escritor negro teve aquilo que Leo Spitzer caracterizou como "vida de entremeio". Uma trajetória em que a ascensão social ou mesmo a busca por uma vida digna, menos marcada pela pobreza e pelo preconceito de cor significava a entrada no mundo dos brancos, o aprendizado de códigos culturais e formas de conduta cultivados pelas elites dirigentes, e uma relação ambivalente com as origens negras e mestiças. Esse descompasso entre aspirações intelectuais e o estigma racial foi expresso em tons amargurados pelo poeta Cruz e Sousa: "Artista! Pode lá isso ser se tu és d'África, tórrida e bárbara, devorada insaciavelmente pelo deserto, tumultuando de matas bravias, arrastada sangrando no lodo das Civilizações despóticas, turvamente amamentada com o leite amargo e venenoso da Angústia!".[4] Versos que podem ser lidos entrelaçados com uma complexa educação sentimental:

> O processo exigia que eles [pessoas racialmente subordinadas] aprendessem o significado de novos símbolos e redefinissem símbolos antigos — que modificassem os traços culturais intrínsecos que se refletiam em suas crenças e práticas religiosas, em suas tradições éticas, sua linguagem histórica e seu sentimento de uma experiência histórica comum, bem como em sua literatura, sua música, seu folclore e estilos de recreação. Tal processo indicava uma modificação dos traços culturais que eles exibiam em público: no estilo do vestuário,

em seu comportamento, aparência e etiquetas públicas e sua articulação e pronúncia da língua do grupo dominante.[5]

Essas observações nos permitem interpretar uma das poucas imagens conhecidas de Astolfo Marques. A fotografia do autor publicada na página de rosto de *A nova aurora*. O retrato é o do janota provinciano, vestido com esmero e elegância, camisa de casimira, cordão de ouro atravessado, colete, flor na botoeira e colarinhos impecáveis. Tudo na medida para transmitir dignidade, porte e bom gosto. Valores e qualidades diametralmente opostos àqueles com que a gente negra era imaginada naqueles anos de virulento racismo científico e crença na inferioridade biológica dos descendentes de africanos, cujas práticas distintivas do folclore e da cultura popular eram vistas como signo de atraso, selvageria e barbárie. Um dos personagens mais caricatos e estigmatizados do teatro de revista da Primeira República era justamente o do negro e do mulato pernóstico que pretende ser o que não é, usa palavras complicadas, veste-se de forma elegante com exagero, quer escapar de um lugar inferior definido pela natureza.[6] Forma como era socialmente percebida a exibição de requinte e boas maneiras por "gente da laia" de Astolfo Marques. Não sem razão, o modo de vestir-se do escritor negro sempre chamou atenção. Conforme anotou Humberto Campos:

"era filho, segundo me disseram, de uma preta lavadeira e engomadeira. E a isso devia ele, talvez, a alegria de exibir, pondo em destaque o seu terno de casimira azul-marinho, cuidadosamente passado a ferro, os mais duros e lustrosos colarinhos do Maranhão".[7]

Astolfo Marques nasceu numa família negra livre e predominantemente feminina, em 1876. Era o caçula da casa e quando criança fazia diversos serviços de "moleque", além de ajudar sua mãe, a cafuza Delfina da Conceição, na entrega da roupa lavada e engomada aos seus clientes. Consta que aprendeu a ler sozinho, embora tenha frequentado de maneira errática o sistema público de educação nos anos 1880 e 1890. Nada que lhe possibilitasse conseguir empregos fora do mundo humilhante e opressivo dos trabalhos manuais. Moço de vinte anos, tornou-se servente da Biblioteca Pública de São Luís, mas logo alcançou o posto de amanuense da instituição e foi um dos fundadores da Oficina dos Novos ali organizada, que é considerada a principal agremiação literária maranhense da primeira década do século xx. No entanto, sua consagração definitiva como um escritor importante em sua cidade veio com a criação da Academia de Letras em 1908, onde figura como fundador da cadeira n.º 10. Não sem razão, quando da morte prematura do autor em 1918, com pouco mais de quarenta anos, o necrológio da *Revista Maranhense de Cultura* fez o perfil de uma carreira exitosa:

Raul Astolfo Marques foi desses, que viveu pelo trabalho, purificando, em seu gabinete de estudo, o seu espírito, cujas cintilações deixa irradiar, através as páginas dos seus livros, trabalhos de consideráveis valores.

Tentaremos, nestas curtas e pálidas linhas, que se seguem, dizer o que dele sabemos.

Entrou para a Biblioteca Pública em 1896, sendo em 1898 nomeado, por portaria do dr. Cunha Martins, auxiliar do diretor da mesma biblioteca. Demissionou-se mais tarde.

Em 1910, o dr. Luiz Domingues da Silva, então governador do estado, fê-lo secretário da Instrução Pública e do Liceu Maranhense, interinamente, em que esteve até 30 de outubro de 1911. Foi redator do *Diário Oficial* de 1911 a abril de 1912.

O cel. Frederico Figueira o nomeou oficial da Secretaria do governo, cargo em que o conservaram, na reforma havida nessa secretaria.

Além de todas essas funções, que desempenhou, mencionaremos ainda as de oficial da Diretoria da Imprensa, amanuense da Secretaria do Interior, escriturário e chefe da 2.ª Seção desse departamento, cargo criado pela lei número 770 de 26 de abril de 1917.

Astolfo Marques tinha publicado os seguintes livros:

Por amor — romance de Paul Beltnay, tradução (1903) *A vida maranhense* (1905); *O Maranhão por dentro*, revista de acontecimentos maranhenses, em 1 ato e 8 quadros. Música de Inácio Cunha (1907); *Natal* (quadros) — 1908; *O dr. Luiz Domingues* — 1910.

Projetava publicar ainda a *Seleta maranhense*, coletânea de trechos em prosa e verso, de 45 escritores filhos do Maranhão, precedidos da respectiva bibliografia; *Fitas* (esboços e quadros), isto é o 2.º vol. de *A vida maranhense* e *As festas populares maranhenses*.

Astolfo Marques em foto da primeira edição de *A nova aurora* (1913)

Rua 28 de Julho, onde ficava o jornal republicano *O Globo*. Foi nessa rua que ocorreu o fuzilamento dos manifestantes que se tornou conhecido como o Massacre de 17 de Novembro

A Biblioteca Pública de São Luís era um dos principais espaços de sociabilidade intelectual da capital maranhense. Seus funcionários lideraram empreendimentos culturais como a criação da agremiação literária Oficina dos Novos e o periódico *Revista Norte*. Astolfo Marques trabalhou na biblioteca como servente e, depois, como amanuense

Embora esse seja o retrato de uma carreira exitosa, é visível quão frágil era a posição do escritor negro no meio intelectual e no funcionalismo público. Ele não possuía o diploma do Liceu Maranhense que talvez lhe permitisse tentar a vida noutras paragens do país e arriscar um curso superior. Os melhores empregos que conseguiu no segundo escalão do estado eram cargos de confiança, dependentes do aval dos mandatários estaduais. Por outro lado, as possibilidades de expressão e consagração intelectual abertas pelos jornais também estavam tradicionalmente vinculadas às facções da oligarquia política. Nesse sentido, algumas das ambivalências políticas dessa vida de entremeio têm raízes num dos principais dilemas enfrentados pelos intelectuais brasileiros daquele período: a dependência das prebendas da elite dirigente.[8]

As dedicatórias da novela também apontam outro problema complexo: os desafios da mediação simbólica para intelectuais e artistas interpelados pelo significado da pertença a grupos pensados como raças e à comunidade mais abrangente da nação. Aquilo que o sociólogo w. e. b. Du Bois chamou de dupla consciência para assinalar a dificuldade de traduzir as expectativas de igualdade, liberdade e identificação com o Estado-nação à luz da memória viva da escravidão e da experiência da subordinação racial.[9] Todo o investimento literário do escritor negro em temas como o folclore, a abolição e a república, assuntos diletos de grande parte dos seus contos e narrativas breves, enfrenta essa questão elegendo as formas expressivamente negras e mestiças da cultura popular como fundamentos da cultura regional e da identidade nacional. Num contexto, vale destacar, em que mesmo a existência e a legitimidade da categoria "povo brasileiro" enquanto sujeito político coletivo estavam em disputa. A dificuldade para conjugar as aspirações políticas de republicanos históricos e manifestantes negros em suas dedicatórias espelha a formação de uma república desigual em que a persistência de privilégios de fidalguia e riqueza oriundos da escravidão e o preconceito racial deram forma a uma cidadania negra de segunda classe, para homens e mulheres como Astolfo Marques.

Alguns dos problemas formais do livro podem ser lidos à luz desses impasses. *A nova aurora* é a única novela conhecida do autor. A sua principal forma de expressão artística era o conto, no qual Astolfo Marques conseguiu conciliar a técnica do gênero com a oralidade pulsante das formas populares de comunicação e representação.[10] Textos em que "ouvimos" negras ganhadeiras, ex-escravos, operários, peixeiras, ambulantes, caixeiros diante dos desafios da vida nos primeiros anos do regime republicano. A transposição desse esquema para uma narrativa mais longa em algumas passagens torna difícil e truncada a leitura de *A nova aurora*.

No primeiro capítulo, os personagens nos são apresentados em meio a uma narrativa histórica sobre as consequências da abolição naquela porção do norte agrário. Porém, quase todos os demais capítulos e seções são imaginados como estórias contadas de boca em boca sobre os casos de violência, tortura e arbitrariedade política que sucederam o Massacre de 17 de Novembro. Astolfo Marques chegou mesmo a incluir na íntegra o conto "O discurso do Fabrício", publicado em *A vida maranhense* (1905), como uma das seções de sua novela. Assim, alguns capítulos do livro são pensados como se fossem contos justapostos, gerando problemas de continuidade na narrativa. Questão que não se esgota nas especulações possíveis sobre os recursos literários do autor para empreender o projeto de sua obra. O desafio enfrentado e revelado pela armação do texto de *A nova aurora* foi como fazer com que uma narrativa válida sobre a formação da república integrasse os relatos e as experiências da gente comum. O descompasso entre uma história feita por escrito, tradicionalmente concebida por mãos brancas, e as formas orais de recordação coletiva de cunho popular. Problema para o qual não havia nenhuma solução estética disponível e nenhum horizonte político de realização.

Neste ensaio, analiso como o autor fez de sua novela um espaço criativo de imaginação que aliou a pesquisa histórica e documental, lembranças pessoais, relatos orais e ficção, no qual a narrativa oficial da Proclamação da República é subvertida pelas vozes que emergem da memória coletiva da gente negra na periferia do Brasil. Para isso, a análise privilegiará o modo como Astolfo Marques formula o problema da "decadência maranhense" e a crise econômica e social no contexto do fim da escravidão, bem como os significados políticos e culturais da narrativa e eleição do protesto de 17 de novembro e seus desdobramentos como um acontecimento-chave da instauração da República no Nordeste do país.

AS CORES DA AURORA

A maneira como o autor mobiliza a metáfora da aurora ao longo do livro diz muito acerca de como é tramado o sentido das transformações sociais no imediato pós-abolição. Nas palavras de Arcadio Díaz-Quiñones, "aquele que escreve põe sua marca sobre uma tradição, naquilo que outros fizeram, mesmo quando seja para desajustar o modelo. É uma das maneiras de recordar".[11] Com efeito, durante o século XIX a "aurora" foi uma das representações da modernidade, dos novos tempos, das luzes do conhecimento técnico-científico em contraposição a períodos imaginados como "idades das trevas", despóticos, avessos ao pensamento crítico. Nesse sentido, era também uma metáfora da liberdade em suas diferentes e variadas acepções: a autonomia dos povos contra o jugo colonial, a emancipação dos escravizados, e também a liberdade política do cidadão republicano. A escritora abolicionista

Maria Firmina dos Reis nos fala desse raiar da liberdade em seu "Hino à liberdade dos escravos":

Salve Pátria do Progresso!
Salve! Salve Deus a Igualdade!
Salve! Salve o Sol que raiou hoje,
Difundindo a Liberdade! Quebrou-se enfim a cadeia
Da nefanda Escravidão!
Aqueles que antes oprimias,
Hoje terás como irmão![12]

Os jornais brasileiros do século xix testemunham a força evocativa da metáfora da aurora para celebrar a autodeterminação das nações, as "luzes" do conhecimento, a renovação literária e, por vezes, simpatias abolicionistas e republicanas. A copiosa edição da *Exposição Comemorativa do Primeiro Centenário da Imprensa Periódica no Brasil*, de 1908, organizada pelo Instituto Histórico e Geográfico Brasileiro, registra hebdomadários como *Aurora Pernambucana* (Pernambuco, 1821), *Aurora* (Pernambuco, 1849), *Aurora Paraense* (Pará, 1853), *Aurora Sergipana* (Sergipe, 1857), *Aurora* (Ceará, 1865), *Aurora Cearense* (Ceará, 1866), *A Aurora* (Pernambuco, 1867), *Aurora Literária* (Alagoas, 1873), *A Aurora* (Piauí, 1875), *Aurora* (Pará, 1875), *A Aurora* (Rio Grande do Norte, 1883), *A Aurora* (Piauí, 1894), *Aurora* (Amazonas, 1908), entre outros.[13]

No ano de 1877, futuros republicanos históricos como Silva Jardim, Clóvis Beviláqua e o poeta maranhense Raimundo Correia colaboraram num jornal de Quiçamã, província do Rio de Janeiro, cujo nome era precisamente *A Nova Aurora*.[14] Em São Luís do Maranhão, na década de 1880, ficou conhecida a rivalidade existente entre os estudantes do Liceu Maranhense que contrapunha o folheto *Aurora Literária* e sua respectiva glosa, a *Aurora Boreal*.[15]

Naqueles anos de efervescência da campanha abolicionista e do movimento republicano, a aurora era também a emancipação da gente escravizada contra a tenebrosa noite da escravidão, bem como a liberdade do cidadão diante do despotismo sombrio da monarquia. O abolicionista negro Luiz Gama, que também fazia fileira entre os republicanos radicais, encerra uma das suas belas cartas públicas a Ferreira de Meneses em tom confiante sobre o avanço de sua causa: "surge radiante a aurora da liberdade".[16] Imagem que repete noutro texto ao integrar os esforços para estabelecer a figura de Tiradentes como o grande mártir republicano do período colonial brasileiro: "Foi julgado réu de lesa-majestade, mataram-no, mas Tiradentes morto, como o sol no ocaso, mostra-se ao universo, tão grande como em sua aurora".[17] Mas nem sempre as cores da aurora abolicionista e da republicana fundiam-se num mesmo tom como em Luiz Gama. Com a ironia que lhe é peculiar, Machado de Assis evidenciou o hiato entre essas duas liberdades, colocando uma frase comum da época na voz de Paulo, um dos protagonistas de *Esaú e Jacó*, em seu discurso de homenagem ao fim da escravidão: "A abolição é a aurora da liberdade; esperemos o sol; emancipado o preto, resta emancipar o branco".[18] A república imaginada como uma "liberdade dos brancos" nomeia a racialização das fronteiras sociais da cidadania.

Não sem razão, os usos literários e políticos da metáfora da aurora por intelectuais, artistas e militantes negros costumam lhe acrescentar um novo tom: o combate ao preconceito de cor. No jornal *O Progresso — Órgão dos Homens de Cor*, organizado na cidade de São Paulo em 1899, sob liderança de Teófilo Dias de Castro e José Cupertino, as esperanças despertadas pela "aurora do 13 de Maio" e da Proclamação da República são contrapostas à experiência da discriminação racial:

Passou-se o período mais angustioso para os homens pretos. Surgiu a aurora do 13 de Maio, data de imorredoura glória de muitos pretos que foram os arautos da abolição como Luiz Gama, José do Patrocínio, Quintino de Lacerda, Rebouças e tantos outros. Proclamou-se a República, o governo da igualdade, da fraternidade e quejandas liberdades. No movimento republicano, contavam-se muitos pretos e mulatos (que vêm a dar no mesmo) que prestavam e prestam serviços inolvidáveis ao novo regime. Esperávamos nós, os negros, que, finalmente, ia desaparecer para sempre de nossa pátria o estúpido preconceito e que os brancos, empunhando a bandeira da igualdade e fraternidade, entrassem em franco convívio com os pretos, excluindo apenas os de mau comportamento, o que seria justíssimo. Qual não foi, porém a nossa decepção ao vermos que o idiota preconceito em vez de diminuir cresce [...].[19]

Nos anos 1920, José Correia Leite e Jayme de Aguiar fundaram o jornal O *Clarim d'Alvorada*, retomando, no título do periódico, a imagem do raiar do dia como metáfora das novas formas de organização política e crítica social dos negros na metrópole paulista. Mas o sol dessa liberdade é a chamada "nova abolição", a possibilidade de ultrapassar as barreiras raciais através do acesso à educação, melhores posições no mercado de trabalho e ativa participação política na sociedade brasileira.[20]

A *nova aurora* pertence a essa variada tradição moderna que sonha a conquista da liberdade como se fosse a forma necessária do tempo, imbricada na natureza das coisas, com vitórias lentas porém certas como a luz que há de chegar a cada manhã. Mas lhe dá contornos críticos ao inserir a metáfora da aurora no confronto entre as expectativas de progresso e ampliação da cidadania alardeadas pela campanha republicana e o autoritarismo político do novo regime em seus primeiros dias. O capítulo que narra o fuzilamento dos manifestantes negros chama-se "Na alvorada da República". Imagem que problematiza o sentido da mudança política quando observada do ponto de vista da gente comum.

Uma das prováveis inspirações do autor vem da obra do poeta republicano Joaquim de Sousa Andrade (1832-1902), mais conhecido como Sousândrade, que foi o primeiro intendente de São Luís depois do Quinze de Novembro. Astolfo Marques, como vimos, o incluiu nas dedicatórias do livro e o cita diversas vezes sob o pseudônimo de Carlos Medrado. Eles se conheceram pessoalmente durante os últimos anos de vida do poeta na capital maranhense, e o escritor negro lhe dedicou um estudo biobibliográfico publicado na revista *Os Novos* em que demonstra conhecimento e intimidade com sua obra. Tanto nos artigos de militância republicana como em sua obra poética a metáfora da aurora como amanhecer da liberdade é recorrente. No livro *O Novo Éden* (1893), a República é poetizada qual uma recriação da terra prometida à luz da modernidade técnica e científica e dos valores cristãos de fraternidade universal:

> *Cidadão vitorioso! E ao fruto da República,*
> *A virgem que há cem anos espera-o dentre arcanos,*
> *Prometida Canaã — da nova pátria a rubrica*
> *Assina e entra, na fé, qual não entrou Moisés:*

> *Supremos campos de ouro, Íris formosa e pudica*
> *E os céus peruleo-azuis manhãs.*[21]

Ao disputar o mérito da abolição com os monarquistas, explicava o poeta: "Ora, quem fez o 13 de Maio foi a aproximação da República, a *aurora* que surge espancando as trevas; e o espírito do civismo e de equidade, que inspirava, teria associado os libertos às famílias e nunca desorganizaria as vivas indústrias da Pátria, se escrevesse a lei".[22] Na visão de Sousândrade, a crise econômica do estado e os conflitos entre os antigos senhores com os libertos e outros negros quanto à organização do trabalho eram resultado de uma abolição conduzida pela monarquia. Vale destacar que o autor era provavelmente um dos poucos republicanos para quem a revolução negra do Haiti consistia num marco fundante das repúblicas modernas, conforme podemos ver nos versos do canto ix da obra *O Guesa*:

> *Depois, viu-se o Destino, o eterno guia*
> *Da lentidão dos séculos, e ali,*
> *Essa ideia que a França destruía,*
> *Realizou-a o negro do Haiti.*
>
> *E vive em luta a América formosa*
> *Ao afogo, à opressão da Europa insana!*

Debalde não resplandem céus da Havana,
Nem rugem furacões — eia briosa! [23]

Astolfo Marques tinha grande admiração por esse poema que dava forma ao republicanismo democrático em que ele acreditava. Irritou-se profundamente com os comentários que o crítico José Veríssimo, um dos fundadores da Academia Brasileira de Letras, dispensou ao poeta no *Livro do Centenário*, e atacou: "bom seria que o ilustre crítico se desse ao trabalho de ler o *Guesa*, edição de Londres, produzindo sobre ele o estudo a que tem direito o maior dos poemas brasileiros. Nele encontrará o sr. José Veríssimo numerosas passagens que lhe façam recordar o paralelo do *Faust* e do *Childe Harold*".[24] O autor reagia não só a uma apreciação que julgava incorreta, como ao caráter hierarquizado do sistema literário brasileiro, que, como nos ensina Antonio Candido, era inicialmente dividido entre a Corte e as províncias na sociedade imperial e, posteriormente, entre a capital da República, na cidade do Rio de Janeiro, e os demais estados. As imagens das "ruínas" e de "decadência" que encontramos no livro referem-se não apenas à crise econômica da região, mas também às expectativas frustradas de consagração cultural vivenciadas pelos escritores maranhenses na Primeira República.

A São Luís revelada por Astolfo Marques é uma cidade cheia de "edificações inconclusas", casarões em ruínas, paredes negrejadas de limo que transmitem a sensação de debacle no tempo. Tão logo finda a leitura das primeiras páginas, descobrimos que Aurora é o nome da chácara de onde as transformações sociais e políticas de novembro de 1889 são observadas e concretamente vivenciadas pelos personagens. Essa quinta de "ubérrimas terras dominadas pela espaçosa e invejável casa de vivenda" congrega todas as características da província. Ela é a terra em si mesma. Em cada canto do lugar encontra-se um pedaço simbólico do Maranhão. Aurora é ao mesmo tempo um lugar e uma visão da realidade:

> Era num dos extremos da cidade, em bairro dos mais pinturescos, e por entre as ruínas dos ranchos da outrora florescente fazenda do Medeiros, que se erguia, no seu estilo singelo, a confortante casa de vivenda da grande chácara que o Marçal Pedreira encontrara chamando-se Aurora, ao adquiri-la para sua morada.
>
> Achava-se ela situada em local donde a vista abrangia fartamente o antigo e amplo domínio do senhor da quinta do Marajá, com a sua fonte de cristalina água entregue à serventia pública. Em posição elevada, na perspectiva, a pequena ermida da santa da festividade tradicional, com as suas duas torres muito alvas, ao lado do casario pomposo, extremado pelo belíssimo palacete do Pororoca, residência do solitário antístite, ainda abatido do acerbo sofrer oriundo da campanha que lhe movera o órgão

dos interesses da sociedade moderna; à frente, a estátua de mármore branco do mais vultoso lírico pátrio. Mais além, os negrejados paredões da Casa do Navio e de outras edificações inconclusas, atestando, nas suas ruínas esboroadas, o trabalho frutificante e o zelo empreendedor de Medeiros, nas duas primeiras décadas do século xix; ao nascente, a Gamboa do Mato, a cujo sítio se ia de constante, à cata de salubridade reconfortadora, beneficamente facultada pelas suas altitude e viração ventina; mais ao lado, a floresta, onde, de pouco palmilhar o pé humano, parecia silvestre, e se comunicava, pela parte sul, com o Mamoim, abrigando a sua secular fonte, condenada por imperdoável desleixo, a escoamento completo; pelo lado norte, bem fronteira, a Vitória, a formosa chácara do solitário poeta do *Alá errante*, ostentando alto e extenso panejamento de gradis de ferro por sobre os muros pintados a vermelhão, paralelos ao vasto Tabocal, e guardando ciosamente a variegada coleção de arvoredos frutíferos, em copados e verdejantes espécimens; ainda próximo, o edifício da Cadeia, de arquitetura banal, em um imenso quadrilátero de altas paredes, cobertas de espesso limo por amontoados invernos. [p. 14]

A vista da Aurora é uma cidade em desterro. Para onde quer que nos viremos, encontramos a beleza e o espírito empreendedor que moveu o passado completamente cercado pelas ruínas do presente. Todos os símbolos estão atirados às traças, "sua secular fonte, condenada por imperdoável desleixo". A história une, na mesma paisagem, a "estátua de mármore branco do mais vultoso lírico pátrio" — o poeta maranhense Gonçalves Dias — e os "negrejados paredões da Casa do Navio", que atestam a falência dos sonhos de progresso e desenvolvimento de quando São Luís fora a quarta maior província do Império nas duas primeiras décadas do século XIX. A poesia romântica, que emerge da "formosa chácara do poeta solitário" Sousândrade, confunde-se com o limo amontoado dos invernos que cobre logradouros abandonados.

Nesse sentido, Aurora engloba, como visão da realidade, a ruína do espaço e a melancolia do presente, e oferece, em contraste, as excelências de uma terra sempre fértil, capaz de se renovar a cada momento. A descrição da natureza exuberante da chácara informa que mesmo cercada pela visão do abandono político existe uma terra pronta para realizar todas as alegrias de um povo. O cultivo da tradição se desvela desde os regionais pés de abricó e sapoti com "que sussurrava, com vivacidade, um arvoredo frondoso" até sua costumeira roda de conversação noturna e domingueira em que "se passavam a revista homens e coisas locais, em vivíssimos comentários. Jogava-se o solo, bebericava-se café e, uma vez ou outra, ceava-se o peixe frito com farinha-d'água" (p. 19), prato típico maranhense.

Assim como as plantas e árvores nativas que embelezam a casa, a roda de conversas também reúne alguns perfis simbolizados como típicos daquela sociedade. O proprietário da chácara é o militar Marçal Pedreira, "descendente, em linha direta, de antigos e abastados lavradores da região do majestoso Itapecuru" (p. 15). A morte dos pais o acomete ainda na menoridade, ficando ele a cargo de um tutor até ser aquinhoado com a herança que lhe garante a independência política e pessoal. Tanto que se casou com uma "matrona" "sem eira nem beira e que, pelos janeiros carregados nos costados, poderia servir-lhe de mãe" (p. 16), opção matrimonial nada convencional. Contente com sua farda de capitão da Guarda Nacional, Marçal não quis fazer carreira política, e militava no Partido Liberal como todos os Pedreiras; "não ia a ponto de negar as grandes conquistas amplamente liberais que para o país lograra fazer o partido adverso — o Conservador".

Esse aristocrata orgulhoso de seu status social, mas flexível com algumas convenções, reúne em sua casa gente de diversas posições sociais. Pessoas como o boêmio estudante de direito Jovino Carneiro, o oficial mecânico Landerico Antunes, o amanuense dos Correios e depois escriturário da Fábrica Gamboa Romualdo Nogueira, e os operários Camilo Souza e Augusto Fonseca. Uma parte importante dos capítulos e seções do livro é imaginada como uma série de relatos narrados entre esse grupo de parceiros que frequenta a chácara nas noites de domingo. Gente com ideias políticas diferentes. O proprietário era monarquista, Landerico Antunes tinha inclinações socialistas, e o acadêmico de direito foi o que mais rápido se converteu à República após o Quinze de Novembro. Diversidade que pode ser lida como uma imagem do registro múltiplo e polifônico (republicano?) da narrativa construída por Astolfo Marques.

A LONGA DECADÊNCIA

O subtítulo de *A nova aurora* é "Novela maranhense". O compromisso com uma interpretação histórica e social da região é um dos objetivos proclamados do livro, que visa compreender a relação problemática entre as transformações sociais que conduziram à abolição e à República e o estatuto periférico do Maranhão na política e na economia brasileira do fim do século XIX. Para Astolfo Marques, a dificuldade a ser enfrentada era que essas reformas políticas modernizantes, naquela região, tiveram consequências econômicas e sociais que limitaram seu alcance democrático. O Massacre de 17 de Novembro e o autoritarismo do novo regime serão observados dentro desse quadro histórico mais amplo. Senão vejamos:

> A promulgação da Lei Áurea, que redimia os cativos, deixara a lavoura bem desfalcada, não de braços apenas, mas de capitais, igualmente. E o ato que celebrizou o Gabinete João Alfredo e

que, com a imperiosa vontade de Isabel, veio selar gloriosamente essa campanha entusiástica que de há muito era trabalhada, na imprensa e na tribuna, principalmente, abalou imenso o trabalho rural.

Eram o algodão e a cana-de-açúcar as culturas a que se dedicara preferentemente a província, desprezando outros ramos da indústria de cultivo facílimo [...].

A carência de braços e a rotina dos processos industriais se evidenciavam inda mais palpáveis e concorriam para obstar poderosamente a prosperidade e o desenvolvimento da lavoura em território vastíssimo como o da província. [p. 24-25]

Essa combinação entre a libertação em 13 de maio das últimas pessoas escravizadas e a crise do setor agroexportador do algodão e da cana-de-açúcar ajudou a consolidar a interpretação de que a abolição era uma das principais causas da "decadência" do estado do Maranhão.[25] Um discurso que atribuía os problemas enfrentados pela lavoura à existência e à expansão dos direitos de uma mão de obra negra e mestiça, considerada desprovida das noções civilizadas de família e propriedade, portadora de costumes bárbaros e selvagens, dada ao ócio e ao crime, despreparada para a liberdade e a cidadania.[26]

O sentimento de decadência expresso pelos antigos senhores fundia-se a um esquema racial de percepção dos trabalhadores. Nos meses que sucederam à abolição, era comum ler nos jornais queixas do tipo: "a força moral dos ex-senhores extinta pela lei, ameaçada e sem força para conter os desmandos dos libertos, não longe lhes imporá a mão homicida [...]. As nossas fazendas abandonadas e esta comarca com o triste aspecto de um lugar onde tivesse passado o facho da destruição. Que belo quadro a enfeixar a lei de 13 de 1888".[27] Uma reação tradicionalista à desorganização da produção econômica bem como ao abalo nas formas convencionais de autoridade e status que distinguiam os senhores de escravos. O tema dos "desmandos dos libertos" — enquadramento que sugeria laços de obediência e tutela que deveriam continuar sendo respeitados apesar do fim do cativeiro e que taxava aqueles trabalhadores de vadios, inconstantes e criminosos — revela a força e a persistência da cultura da escravidão no pós--abolição. Nas palavras de Astolfo Marques: "Não havia roda ou conciliábulo de comerciantes ou lavradores onde se não mostrasse quão apreensiva era a situação econômica presente comparada com a do passado, para o qual se entoavam hinos e teciam loas" (p. 23). A ironia é fina e central, uma vez que:

> Nas memórias, romances e relatos feitos pelos antigos senhores de escravos, a abolição aparece como ruptura decisiva dos padrões, etiquetas e valores estabelecidos na ordem escravista. Havia um interesse político e ideológico dos senhores em conceber a abolição nesses termos. A ideia de ruptura servia

como importante argumento para mostrar o quanto a classe senhorial havia sido abandonada e injustiçada pela decisão do Governo imperial de abolir a escravidão. E mais que isso, o fato de que a abolição não fora precedida nem pela indenização, nem por leis complementares que garantissem algum controle sobre os libertos.[28]

Os usos políticos e ideológicos do tema do "golpe da abolição" fizeram-se presentes nas análises econômicas e históricas sobre a lavoura e o comércio maranhense ao longo da primeira metade do século xx. Um exemplo emblemático é a volumosa *História do comércio do Maranhão* de Jerônimo de Viveiros, publicada em meados da década de 1950. Segundo o autor, a abolição deixara o ex-senhor "atordoado pelo golpe que lhe arrancava parte do patrimônio, estarrecido diante da desorganização do seu trabalho, agora sem braços, com o êxodo dos ex-escravos, que das fazendas partiam para a festa da redenção da raça [...]".[29] A libertação dos últimos cativos seria um desmerecido golpe daqueles que julgavam justa a "punição do escravocrata que havia no lavrador. Esqueciam-se porém que eles tinham deveres para com aquele trabalho, cuja evolução custara dois séculos e meio de ingentes e perseverantes esforços dos nossos antepassados".[30] Mais do que como um problema econômico, a abolição também foi analisada e vivenciada como um ataque à tradição e à história do Maranhão.

Astolfo Marques incorpora várias tópicas desse discurso dominante, mas se esforça por construir uma explicação de longa duração para a crise, deslocando sua causalidade imediata do processo de emancipação. Nas suas palavras, o comércio provinciano "que em tempos remotos atingira a notável grau de prosperidade, destacando-se [...] das demais circunscrições imperiais, vinha de certa época para cá definhando, caindo em preocupadora estagnação, oriunda de múltiplas causas" (p. 23). Um deslocamento sutil de parte expressiva das narrativas senhoriais sobre o problema. A provável fonte de Astolfo Marques é a *Transformação do trabalho: Memória apresentada à Associação Comercial* (1888), de Dunshee de Abranches. A pretensão política da obra, apresentada aos queixosos escravistas da Associação Comercial do Maranhão ainda no calor do Treze de Maio, era precisamente deslocar da abolição as responsabilidades sobre a crise econômica. Nessas memórias, as queixas comuns dos antigos senhores, como escassez de braços e o fracasso da colonização, são plenamente contempladas, porém inteligentemente relativizadas durante a narração.

No mesmo sentido, Astolfo Marques procura destacar fatores alternativos ao processo de emancipação como causa e efeitos da crise econômica. Como vimos acima, o autor sublinhou que a insistência dos donos de terra apenas nas monoculturas de algodão e cana-de-açúcar, sem explorar o plantio de outros produtos, aliada ao pouco investimento técnico na organização do trabalho, foi obstáculo ao pleno desenvolvimento da lavoura maranhense no século xix. No caso do comércio, a praça de São Luís "teve de sentir [...] a sua fama comercial ir declinando" desde quando perdeu a posição de intermediária na negociação dos produtos do Ceará, Piauí e Pará com a Europa. Do ponto de vista internacional, o fim da Guerra Civil Americana fez declinar a competitividade do algodão do Maranhão no mercado mundial. O autor repisa o argumento propalado em sua época, de que a lavoura do estado enfrentava um problema de escassez de mão de obra, mas relembra que a "guerra contra o Paraguai retirara dela para o exército avultado número de braços válidos, ao mesmo tempo que a exportação de escravizados, de há muito praticada em grande escala, privava os estabelecimentos agrícolas desse elemento vital" (p. 25). Uma interpretação que ressalta a responsabilidade da própria aristocracia senhorial no aprofundamento da crise econômica.

Outro problema era a relação daquele estado cada vez mais periférico com o poder central. Dificuldade que se fazia ver na falta de melhoramentos na infraestrutura de produção e dos transportes da província: "os engenhos — Central São Pedro, D'Água e Castelo, fundados todos três prescindindo do auxílio do poder central" (p. 25), necessitavam de novos investimentos. Mudanças também eram necessárias no sistema de navegação, a partir da instalação de um canal capaz de tornar mais ágil a ligação do interior maranhense com a capital e da própria reforma do porto de São Luís. E de maneira contraditória, "as vias férreas projetadas tinham agora formal condenação de alguns dirigentes, [...] com a esclarecidíssima ideia de serem as vias de comunicação fluvial as mais convenientes" (p. 30). A migração de colonos livres nacionais de outras províncias nortistas, estimulada pelo governo, também fracassou. "O próprio cearense, astucioso e ativo, nobre no trato e honrado no trabalho, chegava como que desconfiado, acudindo ao apelo insistente dos públicos poderes" (p. 25). É nesse quadro amplo de explicação que o autor interpreta a abolição como um fator de acirramento da crise econômica. Em suas palavras:

> Famílias inteiras de semeadores e cultivadores do solo provinciano abandonavam o plantio do algodão e da cana-de-açúcar e outros produtos de cultivo em menor escala, nas roças e engenhos dos ex-senhores, do dia para a noite desprovidos do seu imprescindível auxílio, e procuravam avidamente a capital, onde sonhavam nadar-se em dinheiro pelos estabelecimentos fabris, que, como se propalava por todas as circunscrições do interior, surgiriam por encanto em edificações aceleradas. Vinham sôfregas, atraídas cegamente por um imaginário núcleo centralizador do Trabalho fecundo e altamente remuneratório.
>
> As cidades e vilas mais importantes perdiam subitamente o seu aspecto algo agitado, oriundo do movimento que lhes

imprimia o trabalho agrícola. Quedavam-se na tristeza e em emaranhamento tais que se não imaginava até onde iriam, por mais atilados que fossem os vaticínios dos crentes e descrentes de uma era próxima de grandeza [...].

Os poucos trabalhadores rurais restantes queriam a todo o transe transformar-se em urbanos e se predispunham a atirar-se já, com as maiores energias, ao apedrejamento ao passado. Em vez de hinos patrióticos, cantando a obra dos heróis subidos à imortalidade da História, entoavam loas injustificáveis aos que ainda não haviam merecido o bastante para igualar aqueles, cujos feitos gloriosos a posteridade não poderia obumbrar. [p. 26-27]

As ambivalências do escritor negro reaparecem aqui em nova chave. Astolfo Marques critica duramente o caráter falacioso das promessas de melhores condições de vida, bons salários e dinheiro fácil que levaram trabalhadores rurais, libertos e outros negros a migrar para a capital, onde encontrariam um destino tão ou mais duro que no campo. Por outro lado, aquele movimento unilateral, repleto de fantasias e ilusões, em direção às fábricas e à cidade também equivalia ao "apedrejamento ao passado" rural da província que produzira quase tudo o que os intelectuais de então poderiam chamar de civilização e cultura. A tradição artística e literária de poetas como Gonçalves Dias e Sousândrade fez a fama do estado como a "Atenas Brasileira". Perspectiva através da qual o autor incorpora o discurso dominante sobre o problema da decadência.

Mas esse acento tradicionalista é contrabalanceado pelo elogio do progresso técnico-industrial e pelo fascínio dos seus maquinismos que aportaram em São Luís com a instalação das fábricas têxteis. Temática que se fez presente nos primeiros romances sociais libertários brasileiros, como *Ideólogo* (1903), de Fábio Luz, e *Regeneração* (1904), de Curvelo de Mendonça.[31] E vale lembrar, nesse paralelo, as conhecidas simpatias socialistas de Astolfo Marques e o fato de que o personagem a manifestar essas inclinações em *A nova aurora* é um oficial mecânico de uma usina. Assim, em meio a ruínas e paredões cheios de limo que compunham o retrato de uma cidade em debacle, desponta na narrativa outro cenário, marcado pelas chaminés, pelo barulho das máquinas, pelas grandes caldeiras vindas de Wolverhampton, na Inglaterra, pelas dezenas de telhas chegadas de Marselha, pelos teares acionados pela máquina Compound, que aparecem como signos do moderno. Aliás, a transformação da realidade daquela região agrária pelo trabalho industrial é também um dos sentidos da metáfora da aurora na novela:

> De "essencialmente agrícola" que era, com o crédito de constante reafirmado, no exterior, máxime pelo algodão de fibra

a mais consistente em toda a produção mundial, passava a província, por dadivosa e gentil fortuna, a ser a Manchester brasileira. E, para comprová-lo, fazia erguer todos os seus recantos, numa acariciante epopeia hinária, a chaminé simbólica do Trabalho fabril.

E não houve quem se não tentasse diante da regeneração que se badalava em face da *nova aurora*, anunciada em castelos pirotécnicos de reinadio efeito. [p. 30, grifo meu]

Esse sentido positivo da modernização industrial será reafirmado na conclusão da novela, quando proclamada a República e findas as perseguições políticas do Governo Provisório. O mecânico Landerico Antunes oferece ao proprietário da chácara Aurora uma placa metálica com a inscrição *A Nova Aurora*, rebatizando a terra e substituindo a velha tabuleta de madeira nativa já "carcomida pela ação destruidora dos tempos" (p. 122). O novo regime, aliado ao trabalho livre e industrial, seria o anúncio de uma nova era. Entretanto, essa é uma mensagem de esperança para o leitor a poucas linhas de cerrar o livro. A relação do escritor negro com a tradição literária e cultural das elites agrárias tornava sua relação com o passado bem mais ambígua e complexa do que a alegre substituição de placas e o elogio aos "castelos pirotécnicos" das fábricas deixam entrever. Por outro lado, a combinação entre a emancipação da gente cativa e a crise econômica do estado parecia indicar que as aspirações da gente negra por liberdade e igualdade estavam na contramão do pleno desenvolvimento da região. A construção de uma narrativa longa para a decadência relativizava o tom escravista desse enquadramento. Mas a ocorrência de um protesto de negros contra a instauração da República, motivado pelo medo da escravidão, parecia confirmar o diagnóstico conservador sobre o despreparo da gente comum para a cidadania. Então, como narrá-lo?

17 DE NOVEMBRO

A escolha e eleição do Massacre de 17 de Novembro como um evento-chave para narrar a instauração do regime republicano no país é o elemento mais importante de *A nova aurora*. Tal perspectiva permitia ao escritor negro indagar quais alternativas políticas e culturais uma sociedade egressa da escravidão possui para dar legitimidade à construção de uma cidadania sem distinção de cor, linhagem e origem social. Quando o livro foi publicado, em 1913, fazia tempo que o massacre havia sido esquecido. Nas suas *Memórias de um histórico*, lançadas em 1895, Dunshee de Abranches refere-se ao incidente como "fatos que parecem terem ficado esquecidos, mas que eu não me furtarei de recordar aqui como curiosidade histórica".[32] Astolfo Marques enfrentava o peso desse silêncio. Em suas páginas o protesto civil da gente comum, o povo brasileiro, é colocado no centro das transformações políticas que deram origem à sociedade brasileira contemporânea:

> Ao largo do Carmo, certo o local onde maior era a aglomeração, iam ter a toda a hora mensageiros de diretores imaginários ou incógnitos da rebelião decidida. Era o meeting, por convite anônimo, que se ia realizar ali, aonde haviam convertido em centro das operações. *Parecia que todos os homens que, no ano anterior, estavam delirantes pela extinção do elemento servil, se achavam congregados na praça, formando uma guarda avançada ao trono em que desejariam ver Isabel*, a Redentora, pois que visando a este bendito nome, de propósito, eram os vivas que soltavam ininterruptamente, num entusiasmo eletrizante, e em convicção profunda de baterem-se por um ideal que não compreendiam com absoluta nitidez. [p. 47, grifos meus]

Difícil não imaginar quão rico em lembranças pessoais é esse excerto. Astolfo Marques tinha cerca de doze anos de idade quando o evento ocorreu, e era membro do grupo diretamente afetado pelas consequências do protesto e seu desfecho violento. Nos relatórios oficiais e documentos sobre o protesto e o fuzilamento dos manifestantes às portas do jornal O *Globo* e nos manuais tradicionais de história do Maranhão, essas pessoas são comumente descritas como "libertos", "pretos", "maltas de homens de cor", "cidadãos do Treze de Maio", classificações de cunho racial que, longe de serem apenas descritivas, pretendem justificar ou tornar razoável a inevitabilidade do emprego da violência letal. O item "Tranquilidade pública" do relatório governamental de José Tomás da Porciúncula de 1890 refere-se aos inconvenientes causados por "uma malta de homens de cor" naquela noite de 17 de novembro em São Luís e ao "desregramento dos libertos" em diferentes localidades do estado.[33] Em contraste, a descrição do escritor negro valoriza os signos doloridos e silenciosos do passado escravo, inversamente representados na "exultação" e "delírio" dos negros nas festas de Treze de Maio, bem como na "convicção profunda de baterem-se por um ideal que não compreendiam com absoluta nitidez" (p. 47), o monárquico.

Conforme destacou Josué Montello, muito da riqueza da narrativa de Astolfo Marques deve-se provavelmente ao fato de ele ter recolhido, na "tradição ainda viva, o relato dos negros que participaram da rebelião contra o jornal republicano de Paula Duarte".[34] Essa seria uma das razões para que aqueles manifestantes simplesmente descritos como "libertos", "homens de cor", "ex-escravos" nos relatos oficiais e historiográficos se transformassem, em seu livro, em "estivadores do Jerônimo Tavares, trabalhadores das companhias das Sacas (Prensa) e União (Tesouro) operários da Usina do Raposo, embarcadiços, catraieiros e pescadores das praias do Caju e do Desterro" (p. 48-49). Pessoas cuja identidade social ia muito além da raça.

A pesquisa histórica empreendida por Astolfo Marques em fontes e documentos citados na narrativa também impressiona o leitor contemporâneo. A apresentação do cenário do protesto se inicia com o clima tenso na cidade devido ao anúncio da queda da monarquia e uma descrição enaltecedora da campanha republicana. O autor reproduz literalmente a curta notícia veiculada no dia 16 de novembro, em letras garrafais, pelo jornal O *Globo*: "REPÚBLICA PROCLAMADA. MINISTÉRIO PRESO. EXÉRCITO POVO CONFRATERNIZADOS. VIVA A REPÚBLICA!" (p. 40). O vespertino que deu manchete ao escândalo político "era órgão da dissidência do Partido Liberal; e, se bem que de circulação, não muito remota, vinha de certa maneira trabalhando simpaticamente pela causa republicana local, até então com restrito número de adeptos. O seu principal redator era o dr. Pedro Belarte" (p. 41). Na verdade, trata-se de Paula Duarte, republicano histórico que integra uma das dedicatórias do livro. Mas, excetuando-se essa ligeira alteração dos nomes, o documento é reproduzido com fidelidade. Muito do interesse contemporâneo de A *nova aurora* deve-se a esse esforço difícil, e sem receita literária na época, que trama história, ficção, memória e as estórias da gente comum.

Astolfo Marques não esconde a admiração pelo "republicano histórico" da capital maranhense, embora saibamos que Paula Duarte só aderiu à causa nos começos de 1889.[35] Ele surge, no livro, como o retrato das benesses políticas da civilização moderna, "insinuante, de porte fidalgo e irrivalizável elegância, parecia-se com o então príncipe de Gales [...]. O vestuário, o andar, as atitudes, assinalavam-lhe o espírito altamente superior e culto" (p. 41). Por outro lado, a figura do dr. "Pedro Belarte" também simboliza a relação da província com a produção cultural que circulava nas seletas instituições de ensino superior no país à data do romance. Eis a importância de destacar sua formação na Faculdade de Direito de São Paulo e o "tirocínio acadêmico memorável", que demonstrara em periódicos universitários como A Razão, no qual fazia par com Campos Sales, quarto presidente do Brasil republicano. A intenção é demonstrar que o estado não estava alheio ao movimento de renovação política nacional:

> No interior, lá na região sertaneja, o movimento se desenrolara vívido, marchava sublimemente, sem peias, intransigente. De cidade em cidade, de vila em vila, ia em uma ramificação que [...] impressionava os monarquistas. Em Barra do Corda, a chave do sertão, Isaac Martins fazia circular um semanário, órgão das ideias republicanas, e fundava-se um clube democrático. Na cidade de Carolina, formava-se também um clube republicano; e, na Imperatriz, as urnas, com estupefaciente surpresa, deram votos a Benjamin Constant e a

Quintino Bocaiuva, para deputado geral, contra o candidato situacionista. [p. 45]

Mais uma vez, a objetividade da descrição impressiona. As análises históricas contemporâneas sobre a implantação do regime republicano no Maranhão têm destacado, cada vez mais, a centralidade da região sertaneja nesse processo.[36] Por outro lado, a evocação do desenvolvimento "sublime" da bandeira da igualdade pelos sertões maranhenses, construindo alianças fortes diretamente com a corte, coaduna-se com o argumento da vocação inerente da "terra" para a aurora da cidadania. O escritor negro recolhe dos jornais as palavras de Paula Duarte festejando as notícias do Rio de Janeiro ainda em 16 de novembro: "Este grande povo fornece à civilização e à história um grande testemunho. Nem uma gota de sangue, nem a mais tênue alteração da ordem pública. Em nome da liberdade, em nome da democracia, em nome da humanidade, sejamos calmos, generosos e grandes" (p. 44-45). O desafio intelectual e político em *A nova aurora* é justamente como narrar "esse grande testemunho à civilização" à luz do banho de sangue nas ruas de São Luís.

Problema que obrigava Astolfo Marques a enfrentar a historiografia de sua época e as versões correntes sobre o Massacre de 17 de Novembro. No livro *História do Maranhão: Manual para os alunos da escola normal* (1904), o advogado e pedagogo Barbosa de Godóis nas curtas linhas que dedica ao episódio, afirma: "[...] feita a abstração de um grupo de libertos pela lei de 13 de maio que, imbuídos pela ideia grosseira de que a República viera para reduzi-los novamente ao cativeiro [...], nenhuma outra manifestação em contrário à nova instituição surgiu em toda a província".[37] Assim, o protesto foi uma manifestação isolada, injustificável e politicamente sem sentido algum.

O diálogo crítico de Astolfo Marques com a primeira *História do Maranhão* parece ser direto, uma vez que Barbosa de Godóis era figura importante e confrade do autor de *A nova Aurora* na Academia Maranhense de Letras. No ano retratado no livro, o advogado era redator-chefe do jornal *A Pacotilha*, folha de maior circulação na cidade; ele também compôs a letra do Hino Maranhense e foi o terceiro vice-governador do Maranhão republicano. O manual para os alunos da escola normal constituiu um dos poucos materiais com vistas à história geral da região durante toda a Primeira República. Portanto, o que se aprendia nas escolas sobre o conflito naquele tempo era que sua eclosão havia sido provocada pelas "ideias grosseiras dos libertos"; no fundo, os manifestantes foram mortos e feridos por sua própria ignorância.

A nova aurora reagia à institucionalização desse senso comum douto combinando pesquisa documental com versões do incidente que existiam na memória negra da cidade.

Nesse sentido, o empreendimento de Astolfo Marques era bem mais ambicioso do que aparenta à primeira vista: visava também consolidar sua posição de escritor e folclorista da terra, conhecedor da história e dos costumes de sua região atacando silenciosamente, numa singela novela histórica, interpretações dominantes, através de insights originais e de uma visão política abrangente e sofisticada. O problema era de que maneira deslocar o enquadramento racial sobre o Massacre de 17 de Novembro como um problema de "libertos", de "maltas de homens de cor", uma "anormalidade" para um evento que permitisse ao leitor observá-lo no contexto mais amplo das transformações sociais naquele fim de século.

A fim de contornar essa dificuldade, a narrativa do escritor negro desloca as motivações para o protesto da questão do medo do retorno à escravidão para a defesa de uma bandeira inequivocamente política e, para muitos, uma causa nobre: a defesa do regime monárquico. Aquela gente havia passado "o Maranhão à história como a única província heroica que, dentre as vinte, opusera tenaz resistência, pelas armas, ao derruimento súbito da nobre dinastia" (p. 57). Intérpretes posteriores adotaram esse mesmo ponto de vista para elevar o significado da atuação dos manifestantes. João Franzen de Lima, em seu *Figuras da República Velha* (1941), afirma que, enquanto nobres e barões, prestigiados pela família imperial, assistiram apáticos ao fim do reinado de d. Pedro II, "para a glória de uma só raça em Maranhão, os negros se lançaram às balas, em sinal de protesto, numa comovida homenagem à princesa que os redimira e que dentro de horas teria de deixar a pátria para um eterno exílio".[38] Por sua vez, Gilberto Freyre argumenta que "temos de reconhecer heróis e mártires" nos mortos do 17 de Novembro, pois eram "negros e ex-escravos espontâneos na sua dedicação ao trono que fizera deles homens livres".[39] Se o "medo do cativeiro" era considerado uma ideia grosseira, não se poderia dizer o mesmo de um povo que defendia um governo que, a despeito da resistência senhorial, tinha realizado a abolição. A descrição de uma das lideranças do protesto discursando em frente ao Pelourinho é convincente:

> Como por encanto trepou ao mais alto dos degraus do Pelourinho, secularmente erguido no largo, um crioulo bem corpulento e invejavelmente robusto, charuto ao canto da boca, deixando espelhar-se no semblante o que de entusiástico lhe ia na alma. Com a mão direita, o rapaz brandia sua bengala canela-de-veado e, na outra, empunhava, atado a uma vara tortuosa, o auriverde pavilhão com a coroa da monarquia derrocada. [p. 50]

Outra estratégia narrativa de Astolfo Marques para enfrentar o senso comum sobre o acontecimento é descrever o protesto como uma manifestação política legítima malgrado os excessos frequentes em ações públicas e coletivas dessa natureza. O autor ressalta a presença de membros do Clube Artístico Abolicionista, como Victor Castelo e José Santa Rosa, personagens importantes no combate à escravidão em São Luís durante os anos 1880, em meio à multidão de manifestantes do 17 de Novembro. "A chegada desses dois salvadores elementos foi saudada por entre hurras e palmas, num crescendo de aclamações pompeantes aos da dinastia bragantina deposta, e em frenético exaltamento aos seus mais dedicados servidores" (p. 48). A menção a essas lideranças respeitadas e festejadas na cidade quando da abolição distancia o protesto da interpretação que o considerava mero "desregramento de libertos" ou uma ação criminosa de "maltas de homens de cor".

Nessa mesma direção, o destaque conferido pelo escritor negro ao discurso do político conservador João Henrique Vieira da Silva para a multidão no largo do Carmo desfigurava ainda mais o enquadramento racial dos eventos. Ele é citado com o nome de dr. João Eduardo, e seu discurso inflamado e comunicativo "fizera tocar ao auge o delírio dos defensores da monarquia, empolgando-os todos, tornando decididos pouquíssimos porventura ainda vacilantes e como curiosos adstritos ao movimento" (p. 53). Logo depois saiu de cena, deixando para trás uma multidão incendiada. A valorização da atuação de um monarquista conservador branco para o desenrolar dos acontecimentos questionava o consenso existente sobre as "ideias grosseiras dos libertos". Para o autor, "aquele povo, aparentemente reivindicador e idólatra, seguia sem a serenidade reflexiva, impelido pela sugestão de emocionais argumentos" (p. 55). A irresponsabilidade de políticos aproveitadores, somada às incertezas dos libertos e outros negros quanto ao seu destino no novo regime, pesou para que o protesto se dirigisse violentamente até as portas do jornal O *Globo*.

O modo como Astolfo Marques descreve o fuzilamento também merece destaque. Os documentos da época e a maior parte dos historiadores que se debruçaram sobre o evento no século xx menoscabaram ou relativizaram a violência contra os manifestantes. Mário Meireles, por exemplo, chega a argumentar que a própria ideia de que ocorrera um massacre era um exagero oriundo da boataria das pessoas comuns, nascido da "circunstância de, na boca do povo, ter ocorrido tal incidente, aliás sem maior gravidade, como se houvera sido um massacre — os fuzilamentos do dia 17, dizia-se".[40] Para o autor, era preciso remover do discurso histórico os rumores que correram entre os libertos e outros negros naquele dia sangrento. A riqueza do relato de Astolfo Marques é justamente a combinação de perspectivas e a maneira como ele imprime suas lembranças e a memória oral negra da cidade em sua narrativa. Assim, o escritor nos dá a cena de um verdadeiro massacre:

A onda ganhava terreno, e a tropa seria, na certa, dizimada a pau e pedra... Nisto, o oficial, medindo rápido a situação, ordenou uma descarga para ar, em intimidação última.

Ao estrondar dos tiros a vozeria aplaca, para surgirem as imprecações, sob novas e mais decisivas arremetidas. Outra descarga, agora certeira à multidão apupante. Os soldados falhavam à previsão dos intemeratos *irmãos* atacantes, pois a disciplina mandava obedecer incontinente, disparando as espingardas para rechaçar o povo, cujo grosso recuava já em debandada infrene.

Três ou quatro dos assaltantes, inclusive o crioulo porta-bandeira, caem instantaneamente mortos. Dezenas de feridos, uns graves, rolando ao estertor da agonia, nas negras pedras do calçamento da ladeira, aos gritos lancinantes, outros levemente, praguejando, clamavam por socorro, que não chegava.

E o dispersar, ante as duas descargas das Comblain, foi rápido qual relâmpago. O grito de salve-se quem puder atroava por todas as cercanias da folha democrática, cujo cerco agora se levantava. Por todos os lados era uma correria indomável. A coragem dos salvadores do princípio monárquico abatera com os heróis tombados mortos pelas balas da força de linha e com os feridos que, na rua, em frente ao edifício *d'O Globo*, jaziam inertes em rubras poças de sangue. [p. 56-57, grifo meu]

Os rumores que circularam de boca em boca entre gente comum ganham, nessas páginas, a legitimidade de um grande acontecimento histórico. Mais que isso: o escritor negro representa a violência do massacre como o "batismo" do novo regime. A expressão de Astolfo Marques é precisamente "batismo lustral do sangue do povo" (p. 57). Essa ritualização política e religiosa do episódio é enfatizada na composição da cena pela menção ao toque dos sinos da igreja que, "na sua tristeza latejante, parecia o dobre do *De profundis* pelos que acabavam de baquear, a pouca distância do templo, lamentavelmente vitimados pelo apego à insensatez" (p. 57). Tal imagem da morte do povo em meio à instauração da República problematiza os significados do progresso, presentes na metáfora da aurora na periferia do país. Por outro lado, o uso da palavra "irmãos" para descrever tanto os manifestantes como a tropa do Exército representa o conflito como um fratricídio. Nesses termos, o problema que toda aquela violência expunha era de que forma desenvolver o sentimento de fraternidade e pertencimento a uma cultura nacional, bem como de reconhecimento da igualdade de direitos entre os cidadãos, numa sociedade clivada pela herança da escravidão. O 17 de Novembro, como "batismo" e "massacre entre irmãos", assinala que o desafio democrático da República é expiar esse "pecado" de sua origem.[41]

ESTÓRIAS DOS BECOS E VIELAS

Numa entrevista concedida em 1974, o conhecido cantador do boi da Madre de Deus, chamado Zé Igarapé, relatou que seu pai, Conrado Silva, era monarquista e integrara o protesto popular contra a Proclamação da República. No confronto com os militares, Conrado foi baleado e levado com outros muitos feridos para o hospital, onde teve o braço amputado. Nas palavras de Igarapé: "o dr. Afonso cortou o braço dele que estava bonzinho" e disse em meio a todos: "em barulho de branco, preto não se mete".[42] Nas tramas dessa memória a mudança de regime se confunde com a experiência da humilhação e da violência racial.

Essa mesma cena foi narrada, mais de meio século antes, em *A nova aurora*. Astolfo Marques confere atenção especial ao episódio das mutilações no hospital da Santa Casa de Misericórdia, bem como a diversos casos de violência e tortura que se sucederam ao fuzilamento da noite de 17 de novembro. Segundo o autor, o grande número de feridos que acorreram ao hospital tornou a sala de operações o palco de uma verdadeira carnificina. Os pacientes tinham seus membros imediatamente amputados, sem nenhum cuidado prévio. "Tratava-se era de acelerar a operação, desprezando-se um exame mais detido, uma pesquisa mais minuciosa, a comprovar se todos os feridos necessitavam, efetivamente, de intervenção cirúrgica" (p. 65). Um processo de mutilação em massa que indignou o barbeiro Macedo, chamado ao local para auxiliar os enfermeiros e médicos:

> [...] lhe revoltou a consciência quando, para terminar depressa, não se detiveram mais os instrumentos cortantes, que ele, esquecendo a sua posição subalterna, ali, não se conteve e deixou escapar corajosamente a censura que lhe pairava aos lábios: julgava verdadeira falta de humanismo aquele preparo que se lhe evidenciava de atirar-se à cidade cerca de duas dezenas de aleijados, o que, pela própria cirurgia, ali em ação, poderia bem ser evitado. E concluiu afirmando temerariamente ser aquilo que se estava a praticar uma verdadeira carnificina, uma barbaridade sem nome.
>
> O dr. Firmiano, chefe do serviço hospitalar, pasmou diante a afoiteza do barbeiro, em tão melindroso momento. Suspendeu o serrote e, encarando-o, atônito, e firmemente, disse-lhe, em tom imperioso:
>
> — Olá, meu petulante, isto aqui não é açougue, onde a gente da tua laia rejeita os ossos! Faze apenas o teu serviço e não te atrevas a meter o bedelho aonde não se te chamou. *Quem se imiscui em coisas de brancos, tem a mesma tristíssima sorte aqui destes teus companheiros, seu* refinado patife! — E sabe que mais? rua! [p. 65-66, grifos meus]

Chamo a atenção para esse trecho, pois ele nos permite demonstrar o argumento de que a narrativa histórica e literária de A *nova aurora* é fortemente organizada a partir da memória oral dos negros de São Luís. O texto articula a experiência social presente na vida de homens do povo, como o velho cantador do boi da Madre de Deus. Os acontecimentos selecionados para serem descritos no livro e a forma como sua narrativa é imaginada corroboram tal interpretação. Como foi dito linhas atrás, boa parte dos capítulos e seções do livro se desenrola como se estes estivessem sendo contados na roda de conversas do grupo de amigos que frequentavam a chácara Aurora. O avanço da adesão ao novo regime e os casos de violência como o do hospital da Santa Casa são "falados" por testemunhas dos eventos:

> A narrativa dos sucessos ia ser ali feita por uma testemunha ocular, pormenorizada mais do que nenhum dos jornais da tarde, que as notícias por eles estampadas eram duma deficiência pasmosa e indizível. As folhas partidárias da monarquia derrocada não se queriam incompatibilizar numa descrição dos acontecimentos em que comprometeriam o delito dos seus adeptos; por outro lado, o jornal que apoiava o sistema de governo inaugurado preferia calculadamente acobertar-se ao laconismo noticiarista para agir, depois, com mais incontestável e nítida segurança.

O acadêmico dava início à narração.

Quando a cidade começava a despertar, ainda apavorada com os morticínios da véspera, ele, Jovino, *farejava já por becos e vielas as notícias*. [p. 62-63, grifos meus]

Mais uma vez aparece a relevância da pesquisa documental empreendida pelo autor. A questão da censura aos jornais tem sido um dos aspectos destacados por especialistas que analisaram os primeiros dias do governo republicano no Maranhão. Astolfo Marques ressalta esse aspecto para problematizar a veracidade e a pobreza das informações contidas no registro escrito e valorizar a importância das memórias e testemunhos orais das pessoas que, como ele, vivenciaram aquele momento histórico. A narrativa que ele desejava construir, por razões políticas, não se encontrava em documentos oficiais ou nos jornais de época, mas nas estórias compartilhadas pela gente comum por entre becos e vielas.[43]

Nessa perspectiva, acontecimentos como as amputações arbitrárias do hospital da Santa Casa e outros fatos desprezados na historiografia sobre o tema tornam-se, em *A nova aurora*, episódios relevantes para documentar a mudança de regime político na periferia do país. Portanto, a ênfase no problema do autoritarismo e da violência policial no texto, assim como a descrição do fuzilamento, ganha toda a carga de denúncia e revelação de uma memória histórica silenciada. É o caso do relato sobre a perseguição aos manifestantes do protesto de 17 de novembro, na qual as autoridades chegaram a uma fábrica com a "determinação de conduzi-los arrastados, se recalcitrassem, ou fazer fogo, dado que os operários, como se propalava, instigassem o foguista e o zelador do estabelecimento a desobedecerem o mandado de prisão" (p. 72). A longa descrição da prisão e tortura de Prazeres de Freitas, militante republicano e membro do Centro Artístico Abolicionista Maranhense, representado na novela pelo personagem Fabrício, também compõe esse quadro. Essa liderança popular que carece de pesquisas mais detalhadas ousou realizar um discurso de denúncia das arbitrariedades do novo regime e terminou na cadeia.

Um personagem central aqui é o tenente do Exército Raimundo Pereira Queirós, alcunhado de "delegado terrorista", e que aparece em outros textos de Astolfo Marques sobre esse período. "Era ele verdadeira negação do tipo de autoridade calma e reflexiva; possuía os mais vivazes sentimentos de crueza e despotismo, no mando ditatorial que lhe entregavam" (p. 72). O militar foi um dos responsáveis pela caça aos manifestantes do protesto do dia 17, e suas medidas autoritárias e cruéis nunca saíram das lembranças do escritor negro:

> Cresciam, sem prever-se um paradeiro, as arbitrariedades com que o delegado Queirós dispunha a bel talante, na Polícia Civil, da sorte dos seus concidadãos levados aos postos policiais.

A inquirição para a insensata autoridade era letra morta, no que ela não divergia do procedimento dos governativos, cuja volubilidade nos atos aumentava todos os dias, à proporção que eles se iam habituando a não serem contrariados em nenhum dos seus caprichos. O detido, pela menor queixa, era conservado a pão e água, quando lho davam, por mais de vinte e quatro horas; e, antes de posto em liberdade, se lhe infligiam, numa intimidação de reincidência, repelentes e indecorosos castigos, dos quais os menores se limitavam à aplicação de dúzias sobre dúzias de estalidantes bolos, palmatoados à sustança, e à raspagem dos cabelos, operada por qualquer esbirro policial. A conquista da liberdade era mediante o sujeitamento das mãos a causticantes pancadas de férula e a cabeça entregue à navalha raspadora. [p. 82-83]

Essas práticas de violência e tortura faziam lembrar o tempo do cativeiro. O chamado "raspa-coco", o corte dos cabelos e, por vezes, de uma das sobrancelhas, era uma das formas como a polícia estigmatizava e humilhava pessoas escravizadas que haviam fugido. A persistência de tais práticas, no contexto do novo regime republicano, explicitava a precariedade da liberdade conquistada no Treze de Maio, assim como a força da violência para a clivagem racial da cidadania no Brasil. Esse sentimento de liberdade a meias, presente nos boatos e rumores sobre as prisões e torturas que circularam de boca em boca pelos becos e vielas de São Luís, também marca a interpretação do autor sobre o autoritarismo e o formalismo que envolveu a legitimação do novo regime.

Astolfo Marques descreve esse processo atento à diferenciação entre os grupos sociais. "Para o povo", diz ele, "fora cruciante e, ao mesmo tempo, jubilosa a passagem dos primeiros dias do regime sucedâneo do monárquico" (p. 71). Jubilosa porque era essa gente simples que se via nas praças ouvindo, pela primeira vez, a Marselhesa nos cerimoniais e passeatas organizados em homenagem à República. Mas cruciante dada toda a sorte de violências daqueles dias em que boa parte do comércio ficou paralisada, o direito de reunião era restrito, a imprensa estava sob censura, além das prisões arbitrárias e da prática da tortura.

Por outro lado, monarquistas convictos e aquinhoados, ciosos de seu status social como o personagem do capitão Marçal Pedreira, vivem com perplexidade a transformação política, visto que a mudança ameaçava derruir por inteiro o mundo aristocrático que lhes emprestava o senso de distinção e de poder. O proprietário da chácara Aurora "não se furtava em confessar, com franqueza, ainda não estar em si do abalo que à sua alma de monárquico, por princípios de gratidão, causara a inesperada e súbita transformação" (p. 59). Entretanto, conforme a novela, esse tipo de reação tradicionalista, coerente nas práticas e nos valores, teria sido algo incomum. Entre a gente abastada de latifundiários, industriais e comerciantes, o conservadorismo se manifestava, sobretudo, pela adesão performativa e ornamental ao vocabulário republicano da igualdade de direitos:

> O tratamento de "senhor" sumira-se como por encanto, substituído pelo de "cidadão", atestador vivo da mais absoluta igualdade social. Parecia se encontrarem todos muito alheios aos desmandos, às perseguições, que por pouco mais de uma quinzena de dias bastou para os amoldar a esse fingimento de conversão democrática, espontânea e diligente. [p. 88]

A ironia do contido na citação ressalta o desajuste entre as promessas de modernização política e ampliação de direitos implicadas pela institucionalização do novo regime e a ausência de uma cultura cívica baseada na igualdade e na liberdade entre os indivíduos. Problema visível não só nessa retórica vazia de "neorrepublicanos" convertidos pelo oportunismo econômico e político, mas também pela forma como o Governo Provisório pretendeu legitimar-se perante a gente comum.

O relato de Astolfo Marques sobre a destruição do Pelourinho de São Luís é expressivo nesse sentido. O evento consistiu numa resposta direta das autoridades à manifestação de 17 de novembro e aos desafios da incorporação dos negros à cidadania republicana. Paula Duarte, discursando para uma multidão no mesmo lugar de onde poucos dias antes havia saído o protesto, conclamou a todos: "Concidadãos! Aqui foram barbaramente surrados os nossos avós! Derroquemos, sem piedade, este monumento aviltante para os nossos dias, agora que se nos surge promissor [...] o sol da liberdade e da fraternidade, numa pátria feliz e forte!" (p. 79). Palavras que surtiram o efeito desejado, já que rapidamente a coluna foi derrubada pela multidão, simbolizando que a escravidão era um passado morto e enterrado com a monarquia. Mas para o autor o gesto não passou de mais um episódio de descaso com a memória da cidade, pois o monumento, além de poste de suplício, era "indício de ser a povoação, onde colocado, de caráter de cidade ou vila, cabeça dum termo, sede principal das autoridades judiciais" (p. 80). Assim, o patrimônio histórico se derruíra em nome de uma liberdade precária e da retórica vazia das autoridades.

Muito do esforço do autor em *A nova aurora* consistiu em entrecruzar essas estórias partilhadas oralmente nos becos e vielas de São Luís com os registros documentais e escritos privilegiados na narrativa historiográfica. Procedimento através do qual o texto subverte, sem alardes, a história oficial da Proclamação da República, dando voz à memória silenciada do autoritarismo e da violência racial que marcou a experiência social da gente comum em meio às transformações políticas daquele fim de século. Desse modo, Astolfo Marques produziu, sem nenhuma pretensão programática, uma literatura negra na periferia do Brasil.

FÉ NA FESTA

> *Era todo um povo de uma cidade que, a diminuta distância da quinta, se entregava a expansão máxima do folguedo, em um misto sacrossanto de religião e hosanas a sua história, a que se associavam, em magno triunfo, os tradicionais sinos, tangendo repinicadamente, a alvoraçar a multidão folgazã, exultando-a grandemente, acariciando-lhe a inabalável Fé.*
>
> ASTOLFO MARQUES, *A NOVA AURORA*

> *Vamos chegar em paz na festa*
> *Festa, festa na fé*
> *Fé, fé na festa*
>
> GILBERTO GIL, "FÉ NA FESTA"

Quando Astolfo Marques redigiu sua novela histórica sobre a instauração do regime republicano, ele retomava um tema que já havia abordado diversas vezes em alguns dos seus contos mais emblemáticos. É o caso do texto "De coroa e barrete", publicado no jornal *A Pacotilha* em março de 1908 para celebrar com os leitores o período do Carnaval. O conto narra as apreensões de mestre Gervásio, organizador de um grupo carnavalesco de caninha-verde, para colocar sua brincadeira na rua no Carnaval de 1890. O bloco era tradicional na cidade e os moradores do bairro da Currupira sempre acorriam para acompanhar os ensaios do grupo, bem como para segui-lo pelas ruas de São Luís nos dias de folia.

> Naquele ano, porém, uma grande dúvida se deparou ao mestre Gervásio.
>
> Havia sido instituído o regime republicano e ele não sabia da disposição dos homens em consentir-lhe transitar, pelas ruas da cidade, rei coroado, acercado de sua corte e dos vassalos e envergando pábulo o seu comprido manto de belbutina vermelha, simetricamente lantejoulado e com as bordas franjadas de ouro.
>
> Já o Queirós, quando delegado de polícia, no Governo Provisório, proibira os ensaios da caninha-verde, por muito antecipados da época; mas essa resolução fora revogada pelo delegado que o substituíra.[44]

As dúvidas de Gervásio revelam que, embora o Governo Provisório do Maranhão tenha sido destituído em 18 de dezembro de 1889, gente boa e simples como o mestre carnavalesco ainda temia as violências e represálias que não deixavam esquecer o tempo do delegado Queirós. O medo não era infundado. Uma das primeiras portarias do novo regime no estado, reproduzida literalmente em *A nova aurora*, determinava a destruição e a revogação de todos os vestígios materiais da monarquia, como retratos de d. Pedro ii e de membros da família real, bandeiras, insígnias e coroas. O Pelourinho do largo do Carmo foi destruído em meio a esse clima e, segundo o historiador Mário Meireles, "a essa sanha iconoclasta parece-nos só ter escapado o brasão imperial, aberto em mármore, que ainda hoje se conserva no frontão do portão principal da antiga Casa das Tulhas, a hoje Feira da Praia Grande".[45] Daí os temores de Gervásio de sair pelas ruas da cidade desfilando com o rei coroado da caninha-verde, e, ainda que as autoridades tivessem garantido todas as liberdades para as brincadeiras do primeiro Carnaval da República, o mestre tomou suas precauções, pois:

> [...] continuava a propalar-se incessantemente que não seria permitido aos reis de caninha-verde e fandangos e aos mouros de chegança transitarem coroados pelas ruas e praças da cidade. Então, Gervásio, por escrúpulo, mandara preparar um barrete frígio, encarregando da sua condução um dos seus vassalos. E assim que a brincadeira se ia aproximando da frente da morada duma autoridade, ele descoroava-se mansamente e colocava na cabeça o barrete frígio.

A notícia do caso cômico espalhou-se vertiginosamente e, durante os três dias de Carnaval, era de se ver o agradável espetáculo do mestre Gervásio, rodeado de sua corte; surgindo, às autoridades, de cetro e barrete frígio e aos seus concidadãos, ostentando ufano a sua coroa reluzente de pedrarias.[46]

O divertido cortejo de Gervásio, cheio de astúcia e dissimulação, carrega as ambivalências contidas nas dedicatórias de *A nova aurora* em seu esforço para combinar mundos diferentes. A manipulação dos símbolos do poder, monárquico e republicano, no conto, enfatiza as formas criativas como homens e mulheres do povo preservaram a autonomia de suas tradições culturais diante da nova realidade política. Apesar de tudo o que havia se passado, era preciso seguir vivendo e, se possível, com festa e alegria. O mestre carnavalesco continuaria o rei de todos os anos para aqueles que ao menos nos poucos dias de Carnaval entregavam-se a fantasias de pompa, respeitabilidade e tempo livre da rotina humilhante e cotidiana de um mundo do trabalho forjado pela escravidão. Todavia, esse alargamento do espaço do possível também implicava agenciar novos símbolos e linguagens, vestir o barrete frígio republicano e outros figurinos exigidos pelo poder, para fazer o bloco andar para além dos limites instituídos.

Por outro lado, também vale destacar a escolha do autor de retratar os impasses da mudança política através das dificuldades de um mestre da cultura popular para organizar um bloco de Carnaval. Astolfo Marques identifica, nas formas gregárias do folclore e celebrações públicas organizadas pelos pobres, momentos em que distinções sociais eram relativizadas e se desenvolvia o sentimento de pertencer a uma comunidade mais ampla, regional e nacional. A alegria coletiva da festa aparece como uma experiência cívica da liberdade e da fraternidade republicana.

Com efeito, o ambiente solidário do Carnaval, com o povo livre para ocupar o espaço público da cidade, em tudo se contrapõe ao "massacre de irmãos" que constitui o "batismo de sangue" da República. O desfile da caninha-verde une gente de todos os tipos, "velhos, moços e crianças", além do "mulherio e da molecagem" que acompanhava eletrizada a algazarra nas praças. Uma das alegorias mais bonitas do bloco do Gervásio era "o pendão, com cores verde, amarela, azul e branca [...]. Esmeradamente enfeitado com flores naturais e laços de fita, nas extremidades, era empunhado por um crioulo de linda estatura o qual obedecia garbosamente aos sinais dados pelo apito para as manobras de meia-lua".[47] Uma imagem que torna impossível não lembrar daquele outro homem negro que tinha subido no mais alto degrau do Pelourinho com a bandeira auriverde do Império e morrera horas mais tarde crivado de balas, enrolado ao seu pavilhão. Mas se o espaço da política, do protesto social, era repressivo e perigoso, os territórios da festa permitiam que, com alguma esperteza e sabedoria, aquelas pessoas desclassificadas com base na raça e no estigma do cativeiro andassem pelas ruas carregando as cores do país e se apresentassem como portadoras das práticas culturais que formavam a identidade nacional brasileira.

Nas últimas linhas de *A nova aurora*, o autor retoma essa perspectiva a partir do ciclo popular das festas natalinas. Astolfo Marques já havia dedicado um livro de contos à temática, retratando a elaboração de presépios, grupos de pastores e os reisados que se espalhavam pelos arrabaldes e bairros pobres de São Luís. O apego do escritor a tais tradições da gente humilde de sua cidade pode ser visto na crônica "O Natal de 1908", onde expressou todo o seu descontentamento com a pobreza das festas naquele ano, na qual se via "que o povo vai aos poucos desapegando da tradição". No fim da primeira década do século xx, desapareciam os "clássicos presépios de barro" antes esmerados, com luzes e pedrarias, além de montanhas feitas de tabatinga para representar a cidade sagrada de Belém e suas casas. Houve mesmo uma casa na rua do Norte em cujo presépio foram vistos os presidentes Afonso Pena e Rodrigues Alves e o criminologista italiano Enrico Ferri em lugar dos três reis magos. A República invadia o espaço sagrado dos reis. Ainda mais tristes eram as poucas representações de pastores:

Essa cerimônia em que se relembra a humilde cena do começo do cristianismo, por sugestivos e alegres cantares, diante de pitorescos presépios, esse festival de amor e tradição, tão acarinhado pelas famílias, constituindo enternecedoras evocações, vai num decrescimento tristonho.

Poucos são agora os velhinhos que, reunindo filhos e netos, presidem, como em outros tempos, com os seus alvinitentes cabelos, esse acontecimento máximo do universo que é o Natal.

Também os bailes, muito comuns pelas festas natais, estão dizendo um "adeus irônico" ao passado.

Já não se dança nesta terra [...].[48]

O livro *Natal* (1908) pretendeu intervir nesse estado de coisas. Era preciso ter fé na festa, muita dança, pompa e animação para que o senso de comunhão e amor que inspirava o nascimento do pobre menino deus se confundisse com o sentimento de fraternidade que também preside as manifestações folclóricas e populares.

Em *A nova aurora* o escritor negro narra o fim do Governo Provisório ocorrido a poucos dias do Natal de modo a conjugar a volta da normalidade das coisas, o retorno do comércio, da liberdade de imprensa, do direito de reunião, a revogação de vários atos arbitrários da junta administrativa, com as festas de Natal nos tempos áureos que Astolfo Marques conheceu quando menino. Naquele 25 de dezembro de

1889, "o alvorecer do dia de Natal veio a encontrar dançando e cantando a cidade em peso, partindo de todos os habitantes, com alarido, a exteriorização de seu júbilo. Consolador alvorecer! A aurora já aparecia no oriente e os sinos cantavam sonoros, numa alegria infindável, chamando às missas paroquiais" (p. 122). Nesse trecho, o autor alarga a metáfora da aurora enquanto progresso e modernidade para incluir alegria e beleza de ver o amanhecer do dia após uma madrugada inteira de festa, fé, música e dança nas casinhas de porta e janela e nas palhoças dos bairros pobres da cidade. O pacto republicano imaginado como "O Natal da liberdade", título do último capítulo do livro, na contramão das hierarquias sociais e raciais vigentes no pós-abolição, aposta na capacidade de as tradições populares expressivamente negras e mestiças constituírem o espaço da cidadania republicana.

NOTAS

———

A NOVA AURORA (P. 7-123)

1 Nesta edição, atualizou-se a ortografia e mantiveram-se a pontuação e a sintaxe da edição original, de 1913.

———

POSFÁCIO (P. 125-96)

1 A. B. B. GODÓIS, *História do Maranhão*, P. 361.

2 Para uma análise mais detida, ver Matheus Gato, *O massacre dos libertos*, cap. 4.

3 Josué Montello, *Janela de mirante*, p. 122.

4 Cruz e Sousa, *Obra completa*, p. 672.

5 Leo Spitzer, *Vidas de entremeio*, p. 41.

6 Sobre personagens negros no teatro de revista, ver Leonardo Affonso de Miranda Pereira, *A cidade que dança*, p. 186-87, e Lissa dos Passos e Silva, *Preto na cor e branco nas ações*, p. 73-74.

7 Humberto Campos, *Memórias inacabadas*, p. 66.

8 Ver Sergio Miceli, *Intelectuais à brasileira*, p. 17.

9 Sobre a noção de dupla consciência, ver W. E. B. Du Bois, *As almas da gente negra*, p. 54.

10 Ver Matheus Gato, "Raça, literatura e consagração intelectual: leituras de Astolfo Marques (1876-1918)", p. 54-55.

11 Arcadio Díaz-Quiñones, *A memória rota*, p. 227.

12 José Nascimento Morais Filho, *Maria Firmina: fragmentos de uma vida*, s. p.

13 As referências a esses jornais estão localizadas respectivamente em: Revista do Instituto Histórico e Geográfico Brasileiro, *Tomo consagrado à exposição comemorativa do primeiro centenário da imprensa periódica no Brazil, promovida pelo mesmo instituto*, p. 391, 453, 111, 777, 250, 251, 512, 701, 207, 116, 338, 214 e 43.

14 Ver Waldir Ribeiro do Val, *Vida e obra de Raimundo Correa*, p. 25.

15 Ver Dunshee de Abraches, *O cativeiro*, p. 142.

16 Luiz Gama, *Lições de resistência*, p. 332.

17 Ibidem, p. 355.

18 Essa passagem é citada e analisada em James Woodard, *De escravos e cidadãos*, p. 66.

19 Ver Ana Flávia Magalhães Pinto, *Imprensa negra no Brasil do século XIX*, p. 124.

20 Petrônio Domingues, *A nova abolição*, p. 53.

21 Sousândrade, *Poesia e prosa teunidas*, p. 210

22 Ibidem, p. 498.

23 Joaquim de Sousândrade, *O guesa*, p. 195.

24 Astolfo Marques, "Vultos maranhenses: Souza Andrade", p. 1.

25 Uma discussão pioneira desse tema pode ser encontrada em A. W. B. Almeida, *A ideologia da decadência*.

26 Matheus Gato, *O massacre de libertos*, p. 49.

27 *Diário do Maranhão*, 19 jul. 1888, p. 1-2.

28 Walter Fraga Filho, *Encruzilhadas da liberdade*, p. 139.

29 Jerônimo de Viveiros, *História do comércio do Maranhão*, p. 557.

30 Ibidem, p. 157-58.

31 Uma análise sobre o tema do industrialismo e o fascínio da técnica e seus maquinismos na literatura brasileira de começos do século XX pode ser encontrada em Francisco Foot Hardman, *A vingança da hileia*, p. 171.

32 Dunshee de Abranches, *Memórias de um histórico*, p. 218.

33 A análise desse relatório encontra-se em Matheus Gato, *O Massacre dos Libertos*, p. 14-15.

34 Josué Montello, *Janela de mirante*, p. 124.

35 Mário Meireles, *Dez estudos históricos*, p. 105.

36 Alberto Ferreira, ao analisar as condições sociais de emergência do movimento republicano no Maranhão, destaca que "os sertanejos reivindicavam maior atenção dos governantes, mas estes priorizavam as regiões agroexportadoras, objetivando equilibrar as finanças da província. Por outro lado, as constantes trocas de presidente devem ter contribuído para que algumas solicitações não fossem atendidas. O certo é que o Alto Sertão pouco se beneficiou das medidas modernizadoras (navegação a vapor, estradas, engenho central, fábricas têxteis) implementadas na província na segunda metade do século XIX. Nesse contexto, foi o sertão um campo propício para a germinação das ideias republicanas. Seus partidários conheciam os modelos de República implementados na França e nos Estados Unidos. Porém, sua motivação maior era o federalismo, a busca de autonomia, como uma maneira de reação à hegemonia política da parte norte da província" (L. A. Ferreira, "Os clubes republicanos e a implantação da República no Maranhão (1888-1889)", em W. C. Costa (org.), *História*

do Maranhão: novos estudos, p. 214). Por seu turno, o historiador Mário Meireles, analisando os eventos citados por Astolfo Marques, esclarece que, "atuando com plena autonomia e desconhecendo o que estaria no mesmo sentido se passando na capital da província, o Clube de Barra do Corda, além de disposto a apelar para a luta armada, comprometeu-se espontaneamente com Quintino Bocaiuva a fazê-lo deputado-geral pelo 6.º Distrito Eleitoral do Maranhão, para que o Partido Republicano tivesse a seu serviço, no Parlamento, a força de sua voz e de seu prestígio. Por fim, decidiria que o próprio Isaac Martins [presidente do clube] viajasse para o Sul, a se entender com os grandes próceres nacionais do movimento" (Meireles, 1994, p. 104).

37 Barbosa de Godóis, *História do Maranhão*, p. 359.

38 João Franzen de Lima, *Figuras da República Velha*, p. 78.

39 Gilberto Freyre, *Ordem e progresso*, p. 209.

40 Mário Meireles, *História do Maranhão*, p. 269.

41 Essa perspectiva, incluindo o uso da metáfora religiosa, foi retomada, a despeito da linguagem, hoje antiquada, em José Murilo de Carvalho, *O pecado original da República*.

42 *Jornal Pequeno*, 1974, p. 2.

43 Neste ponto, chama a atenção o modo como Astolfo Marques se deteve no recolhimento dos corpos assassinados na noite do dia 17. Em suas palavras: "A polícia chegava vagarosa, a cuidar dos mortos e feridos" (p. 57). E no cemitério, após uma ligeiríssima autópsia, "eram os cadáveres dados à sepultura, sob o pungente derramar de lágrimas e gritos angustiosos de parentes que haviam tido permissão de contemplar, pela derradeira vez, as pessoas estremecidas, que tinham também caído na ladeira do Viramundo" (p. 64).

44 A *Pacotilha*, 2 mar. 1908, p. 1

45 Mário Meireles, *Dez estudos históricos*, p. 112-13

46 A *Pacotilha*, 2 mar. 1908, p. 2

47 Ibidem.

48 *Diário do Maranhão*, 5 jan. 1910, p. 1.

FONTES E BIBLIOGRAFIA

FONTES

"Raul Astolfo Marques". *Revista Maranhense de Cultura*, ano 3, n.° 29, 1918, p. 58.

Revista do Instituto Histórico e Geográfico Brasileiro. *Tomo consagrado à exposição comemorativa do primeiro centenário da imprensa periódica no Brazil, promovida pelo mesmo instituto*. Parte ii, v. 1. Rio de Janeiro: Imprensa Nacional, 1908.

BIBLIOGRAFIA

Abranches, Dunshee de. *O cativeiro*. São Luís: Alumar, 1992.

_____. *Memórias de um histórico*. Tip. Official do Jornal do Brasil, 1895.

Almeida, Alfredo Wagner Berno de. *A ideologia da decadência*. 2.ª ed. Rio de Janeiro: Casa 8, 2008.

Campos, Humberto. *Memórias inacabadas*. São Paulo: w. m. Jackson Inc. Ed., 1957.

Carvalho, José Murilo de. *O pecado original da República: debates, personagens e eventos para compreender o Brasil*. Rio de Janeiro: Bazar do Tempo, 2017.

Cruz e Sousa, João da. *Obra completa*. Org. Andrade Murici; atualização Alexei Bueno. Rio de Janeiro: Nova Aguilar, 1995.

Díaz-Quiñones, Arcadio. *A memória rota: ensaios de cultura e política*. São Paulo: Companhia das Letras, 2016.

Domingues, Petrônio. *A nova abolição*. São Paulo: Selo Negro, 2008.

Du Bois, w. e. b. *As almas das gentes negras*. Rio de Janeiro: Lacerda Ed., 1999.

Ferreira, L. A. "Os clubes republicanos e a implantação da República no Maranhão (1888-1889)". In: Costa, W. C. (org.). *História do Maranhão: novos estudos*. São Luís: edufma, 2004.

Fraga Filho, Walter. *Encruzilhadas da liberdade*. Campinas: Editora da Unicamp, 2006.

Freyre, Gilberto. *Ordem e progresso*. São Paulo: Global, 2004.

Gama, Luiz. *Lições de resistência: artigos de Luiz Gama na imprensa de São Paulo e do Rio de Janeiro*. Org., introd. e notas de Ligia Fonseca Ferreira. São Paulo: Edições Sesc São Paulo, 2020.

Gato, Matheus. *O Massacre dos Libertos*. São Paulo: Perspectiva, 2020.

_____. "Ninguém quer ser um Treze de Maio: abolição, raça e identidade nacional nos contos de Astolfo Marques". *Novos Estudos Cebrap*, 37 (1), jan.-abr. 2018.

_____. "Raça, literatura e consagração intelectual: leituras de Astolfo Marques (1876-1918)". In: Marques, Astolfo. *O Treze de Maio e outras estórias do pós-abolição*. Org. Matheus Gato. São Paulo: Fósforo, 2021.

Godóis, A. B. B. *História do Maranhão*. São Luís: AML; Editora UEMA, 2008 [1904].

Hardman, Francisco Foot. *A vingança da Hileia: Euclides da Cunha, a Amazônia e a literatura moderna*. São Paulo: Editora Unesp, 2009.

Lima, João Franzen de. *Figuras da República Velha: aspectos políticos de uma época, scenas de bastidores, homens e factos*. Rio de Janeiro: Tipografia Baptista de Souza, 1941.

Marques, Astolfo. "De coroa e barrete". *A Pacotilha*. São Luís, 2 mar. 1908.

_____. "O Natal em 1908". *Diário do Maranhão*. São Luís, 5 jan. 1910.

_____. *A nova aurora*. São Luís: Tipografia Teixeira, 1913.

_____. *O Treze de Maio e outras estórias do pós-abolição*. Org. Matheus Gato. São Paulo: Fósforo, 2021.

_____. "Vultos maranhenses: Souza Andrade". *Os Novos*, n.º 7. São Luís, 30 nov. 1900.

Meireles, Mário. *Dez estudos históricos*. São Luís: Alumar, 1994.

_____. *História do Maranhão*. São Paulo: Siciliano, 2001.

Miceli, Sergio. *Intelectuais à brasileira*. São Paulo: Companhia das Letras, 2001.

Montello, Josué. *Janela de mirante*. São Luís: Sioge, 1993.

Pereira, Leonardo Affonso de Miranda. *A cidade que dança: clubes e bailes negros no Rio de Janeiro (1881-1933)*. Campinas: Editora da Unicamp; Rio de Janeiro: Eduerj, 2020.

Pinto, Ana Flávia Magalhães. *Imprensa negra no Brasil do século XIX*. São Paulo: Selo Negro, 2010.

Reis, Maria Firmina dos. "Hino à liberdade dos escravos". In: Morais Filho, José Nascimento. *Maria Firmina: fragmentos de uma vida*. São Luís: Governo do Estado do Maranhão, 1975.

Silva, Lissa dos Passos e. *Preto na cor e branco nas ações: representações raciais no teatro de revista* . O caso da peça Seccos e Molhados (1924). Dissertação (Mestrado) — Niterói: Programa de Pós-Graduação em História da Universidade Federal Fluminense, 2021.

Sousândrade, Joaquim de. *O guesa*. São Paulo: Selo Demônio Negro, 2019.

_____. *Poesia e prosa reunidas de Sousândrade*. Org. Frederick G. Williams e Jomar Moraes. São Luís: Edições AML, 2003.

Spitzer, Leo. *Vidas de entremeio: assimilação e marginalização na Áustria, no Brasil e na África Ocidental 1780-1945.* Rio de Janeiro: Eduerj, 2001.

Val, Waldir Ribeiro do. *Vida e obra de Raimundo Correa.* Rio de Janeiro: Cátedra; Brasília: INL, 1980.

Viveiros, Jerônimo de. *História do comércio do Maranhão,* v. 2. São Luís: Associação Comercial do Maranhão, 1954.

Woodard, James. *De escravos e cidadãos: raça, republicanismo e cidadania em São Paulo (Notas Preliminares).* In: M. Abreu et al. (org.), *Histórias do pós-abolição no mundo Atlântico, v. 1: Identidades e projetos políticos.* Niterói: Eduff, 2013.

CRÉDITOS DAS ILUSTRAÇÕES

p. 6: Joaquim Vieira da Luz. *Dunshee de Abranches e outras figuras*. Rio de Janeiro: Jornal do Brasil, 1954

p. 137: Astolfo Marques. *A nova aurora*. São Luís: Tipografia Teixeira, 1913

p. 138-39 e p. 141: Gaudêncio Cunha. *Maranhão 1908: álbum fotográfico*. São Luís: Edições AML, 2008

Este livro foi composto em Freight text em setembro de 2021.